长篇小说

相见欢

刘瑞／著

上海文艺出版社

目 录
Contents

黑咖啡

顾铭坐在靠墙的矮沙发上，点的咖啡还没送到，他懒洋洋地靠着，手里还攥着刚才路边发的科学健身的广告，大操房、有氧区，瑜伽、普拉提、肚皮舞、芭蕾形体，如今的人非要和自己的肉体较量，几十年的战争，结局早已注定了的，只不过没人肯认输罢了。

他把那两张纸扔在桌上，鼻孔里轻轻哼了一声，同时才缓过神来似的觉出轻微的惊讶，这种路边广告他向来不拿，拿了也会随手扔掉，这次却不知不觉地在手里攥了一路。

这附近有所大学，所以咖啡馆里学生模样的人不少，还有几个外国人，三五一堆地坐着，看起来也像学生。顾铭向四周看了看，觉得扭着脖子有点累，索性把头仰在沙发靠背上，闭起眼睛养神。

眼睛闭起来，顾铭忽然觉得一阵心慌。他想起昨天晚上的梦，梦里觉得这样的梦以前也做过，但他不确定是很多个梦在重复，还是一个梦在重复。他梦见自己不知道为什么必须要闭着眼睛开车，而且车开得越来越快，两边来往的车辆呼啸而过，红灯也不停，奇怪的是他闭着眼睛也知道是红灯。风从四面八方灌进来，正对面冲过来一辆红色的法拉利，他赶紧打方向盘，方向盘像抹了油似的转了好几圈，车子却只动了一点点，再拼命打，再动一点点，他觉得对面的车就要撞过来了，但始终没有，那一瞬间好像被无限放大，再放大。他醒了，猛地睁开眼睛，看见正俯下身把咖啡放在桌上的服务生，这个看样子二十来岁的小伙子似乎被他的动作惊得一震，额头两边几绺染黄的长发也跟着抖了两下，随即平静下来，面无表情地说：“黑咖啡。”

他拿起汤匙搅了搅，咖啡的颜色看起来很纯正，里面一张变形的脸，曲曲折折也能看出浮起的眼袋。老爷子现在不知怎么样了，这几天他刻意地不去想，这会儿还是不可避免地想起来了。枕头上那张脸像洗了很多次已经快要洗破了的猪皮，居然还死死地泛着一层白光，头发也只剩稀疏的几绺湿漉漉地贴在脑后。时而清醒，时而糊涂，就算清醒也只是眼睛乜斜着他。他坐在旁边，那眼光直直地射过来，他站起身，很高了，却还是在那眼光漾起的水纹里，有那么一瞬他觉得要被淹死了透不过气了。

不知道从什么时候起，他们之间就成了这样一种默契的冷淡和敌意。他们家楼上楼下两套单元房，从中学起他开始自己住，在楼道里碰见正当盛年、头发浓密的艺术家，鼻子里哼一声，嘴里敷衍着问两句功课，他垂头丧气做了亏心事一样地回答。他的脸成了一个无可奈何的目标靶，不得不接受斜上方射过来的鄙夷、厌恶的眼光，甚至到现在也并没有什么改变。艺术家没力气了，像砧板上一团不新鲜的肉，死死地、松软地躺着，即便如此，也仍旧可以蔑视他，以一种任谁也无法解释的方式继续蔑视他。

他放下勺子，端起咖啡喝了一口，苦的，还略略带着点烟味。他不爱喝咖啡，他喜欢甜的，喜欢吃糖，小时候偷偷含着奶糖睡觉被发现，不知怎么就奠定了艺术家对他的误解。那么喜欢吃甜的，哪像个男孩子，注定一辈子性格软弱，没出息。

他现在已经不再去想怎样证明艺术家伟大预言的正确性了，尽管他的确一度认为消解这种蔑视的唯一方法就是顺着它所指示的方向低眉顺眼地流淌，直到流成一片无边无际的海，到那时连预言的发出者也会因预言如此地精准而大吃一惊吧？他这样隐隐想了多年，不知从什么时候起海被他的想象染成了黑色，那是艺术家最喜欢的黑咖啡的颜色。他喝黑咖啡总是强调不加糖，家里人和身边的朋友都已经熟知他这一习惯，但艺术家还是坚持仪式性地说明，"哎，不加糖"。那感觉，顾铭一直觉得是一种比装腔作势还要严重的对于某种污点的洗刷，糖是一种耻辱，艺术家坚持要摆脱这样的耻辱。他知道没办法摆脱自己的血液、基因和谁知道是不是不小心弄出来的精子，但唯其如此，他才越要摆脱，坚决地、不断地摆脱。艺术家在一米之外冷冷地看着他，"作业做完了吗？"

顾铭下意识地将手伸进裤子口袋，捏了捏里面的信封，已经折了，他手指沿着折缝滑过去，触到尖利的折痕处，用力向下压，很脆的一声。听说人老了骨头也会变脆，越老越脆，艺术家神圣的右手尺骨，是不是也这样，轻轻一压就折了？画室是他的禁区，在他还不完全理解禁区意味着什么的时候就已经是了。门倒常是开着的，他走过时看见里面那上下挥动的或者静止的右手尺骨，艺术家凝神站着，身体微微前倾，右臂像压了千斤重量，他在作画了。时间又开始像以前一样仪式性地慢慢凝固，继而再粘稠地、神圣地流淌。

柜台那边在磨咖啡豆，神圣的时间之流被迫打断了。真见鬼，从什么时候开始流行这样狰狞原始地吃喝？一定要把原料搬上桌才能确定进嘴的到底是什么。那声音吵得简直像把骨头打碎了再咬着牙磨。顾铭觉得忍无可忍，拿出手机看时间，已经比约定的时间晚了三十分钟，那个人却不见踪影。

顾先生:

　　您好!

　　抱歉冒昧打扰。想必您正在为顾老先生的病情担忧,这个时候写这封信给您,可能不是最好的时机,但从另一种意义上说,也有不得不说的原因。顾老先生名满天下,自然是您和您全家的光荣,但您和顾老夫人对他了解多少呢? 你们可曾想过顾老先生也会有一些不为人知甚至不甚光彩的秘密呢? 恕我在信里不能详述,为了不让您把这封信误认为某个无聊者的恶作剧,特附上照片一张。

　　如果您有兴趣,我们可以面谈。本周五下午三点,老故事咖啡馆见。

信打印在一张 A4 纸上,照片是彩打的,不算非常清晰,但足以显现出艺术家所有的典型特征。

照片右下方有个梳着短马尾的女人,只一点点侧脸,看不出年纪相貌,站在她左边的男人也一样斜侧着身,背对着镜头。但顾铭一眼就看见了那只放在女人背上的手,从那件他并不陌生的灰绿色格子衬衫中伸出的神圣的右手尺骨,静止着,支撑着他微微伸开干瘪的五指搭上女人的后背,顾铭咬了咬牙。照片的背景是北京常见的砖灰色楼房和几乎终年盖着一层土的常青植物,光线有些暗淡,带着一点点灯影。他拿着照片仔细看,想看出些线索,但女人背上的那只手越来越刺眼，让他忍无可忍。

顾铭看着手机上的时钟，三点三十，三点三十一。他把心一横，拿起手机准备起身离开，突然不知从哪儿闪出来一位矮个子中年男人，短平头，圆胖身材，穿着一件姜黄色的长袖保罗衫，提着个黑皮包，快步走到他跟前，很熟络的样子。

"小顾先生？哎呀，不好意思，久等了，久等了。临时有事，又打不到车子，我不像你们都是有车的人。哎，北京现在越来越难打车了，越是有事就越打不着。不好意思啊。"话音未落，他已向前探出一只手来。

顾铭坐直身子，右手从口袋里伸出来，却只是拿起桌子上的咖啡杯，挪了挪位置。那短平头倒也不介意，伸出来的手在空中划了半个弧，转回去挪开顾铭对面的沙发椅，大喇喇地坐了下来。

"我姓柴，你叫我老柴就行。"听得出他的声音里有些气喘，似刚赶过来的不假，"听说顾老先生病了，不知道现在病情怎么样？"老柴一脸关心的样子，黄中带紫的面皮左右两边微微鼓胀着，泛着一层油光，他说话时短圆脸上两道板刷眉向上扬起，看起来相当恳切，眼睛里闪过一道异样的光，但迅速熄灭了，只剩下殷勤诚恳的慰问，与艺术家的门生故旧们带着花篮和营养品来医院时的样子没有丝毫分别。

"嗯，还行吧。"顾铭轻轻应了一声，又拿起勺子搅了搅那杯黑咖啡。

"哦，那你跟顾老夫人要多费心了。唉，人上了年纪，总是免不了的。"老柴寒暄的兴致似乎很浓。

顾铭端起咖啡喝了一口，"信我看到了，"他抬头直直地看着对面的男人，面无表情地说，"不过只有这么点东西，我不能确定什么。"这些是他来之前准备好的话，终于说出来，让他轻松了一点。不过，黑咖啡凉了好像更苦，咽下去像滑溜溜不怀好意的一条蛇。

"呵呵，年轻人就是性子急，"老柴眯了眯眼睛，"我还没点喝的呢，到这种地方总得消费不是？"他扭过头去，伸着脖子看了看服务台的方向，又转回来，"这里的服务员……就这么两个人？"

两三分钟之后，老柴捧着一大杯冷饮回来坐下了。顾铭听着他哧溜哧溜地喝，眼看着他杯子里黏糊糊的一团一层一层地矮下去，还有他叼着吸管的嘴角那一点不甘心的粉红色溃疡，浮上来退下去，浮上来再退下去。过了大约半小时，这个叫老柴的家伙终于留下个硕大的空杯子走了。

老柴走了以后，那个染着几缕黄毛的店员过来收走了他留下的空杯子，又象征性地擦了两下桌子。顾铭下意识地伸手把摆在桌子上的牛皮纸信封拿起来放到腿边。小伙子仍旧面无表情，眼皮也没抬一下。

顾铭知道自己应该回家，或者至少换一个安静隐秘的地方，但他就是不想动。老柴刚才给他的牛皮纸信封，他还都没碰过。这个家伙居然什么都没说，顾铭明确地问出口，他也咬死了不肯开价，顾铭觉得自己没有把握可以应付得了，但无非就是钱或者更多的钱，他不担心，反正来回来去也都是老头子的家底。艺术家自己的钱付自己的账，天公地道。

牛皮纸信封是老柴从他那个稍稍有点泛旧的黑色公文包里拿出来的。那种有点女式的公文包艺术家以前也有。那时候的艺术家偶尔也像父亲，从那个黑公文包掏出来的铝皮饭盒里偶尔也会有从单位食堂带回来的红烧带鱼、糖醋排骨或者去了棍的冰糖葫芦，尽管那只是偶尔，尽管他不喜欢去了棍儿的冰糖葫芦，他还是很喜欢那偶尔出现的惊喜。

老柴把牛皮纸信封放在桌子上，那只厚实多皱的手还在上面轻轻地拍了拍，像把什么珍爱的东西托付于人。"小顾先生，东西就在这里了。你慢慢看，看仔细，看好了再联系我，我等着。"

石头

那个自称老柴的矮个子中年男人交给他的大牛皮纸信封里的东西，经过了极为细致的整理和分类，简直就像专业私家侦探的手笔，包括整整一年的手机电话记录（这一年里他父亲平均一个星期至少打两次，像个小男生一样寻找倾诉和安慰的那个关键号码，中间四位数被涂黑了），不同季节不同场合的几张偷拍，角度可以充分辨识出是同一个人，却又看不到庐山真面目，最重要的是一枚印章，阴文印，刻着小小的几个篆字：瘦山痴人。

顾寿山，号西园，别号瘦山。当然艺术家的雅号别号不止这些，顾铭知道他闲着没事就能琢磨出一个什么号来，早就见怪不怪。艺术家虽是以书画见长，可大约就是因为越是得不到越是想得到，反而对篆刻特别留心。艺术家画室里的一个长架格上摆着整整一排颜色不同材质各异的印石印章。

相见欢

顾铭从前趁着艺术家不在的时候溜进去过，笔墨丹青之类的他没兴趣，倒是那些石头让他觉得有趣。朝南的画室阳光充足，石头在阳光下闪烁着盈亮的光泽，他流连许久，忍不住偷拿了一个，"瘦山痴人"。

他挑的是很小的一个，顶上雕着一头慵懒的小兽，兀自趴着，圆润的焦糖色，看起来像巧克力奶糖融化了半截，让他甚至都有了点食欲。他用母亲给他的零花钱去书画店买了刻刀、砂纸、印泥、几方练习石和一本《篆刻五十讲》，关起门学起了篆刻。崩了石头，划破了手，他便去刻印店里找老师傅刻字，看他一道道程序，怎么打稿，怎么握刀，怎么运刀。除了吃饭上学睡觉，剩下的时间他都拿着刻刀。手慢慢地消了肿，手指起了茧。他把从艺术家画室偷来的那枚印章饱蘸了印泥，直直地印在宣纸上，郑重其事地压满压匀，再缓缓抬起来。把他自己刻的一方阴文印也蘸满印泥，同样郑重其事地双手印下去，压满压匀，再缓缓抬起来。纸上两个红白分明的印，"瘦山痴人"，铭刻于心。

他不知道艺术家是怎样发现少了一枚印章的。但他并不怕，他设计的情节里包括了艺术家的雷霆之怒和发现他居然是篆刻奇才之后的转怒为喜。"士别三日，当刮目相看啊！"他甚至设计好了台词，这是他刚刚学会的成语，他觉得这像极了艺术家的口吻，也简直符合得不能再符合他的剧情。

然而艺术家却根本就没踏进他的房门，他正襟危坐在客厅的沙发上，命令顾铭回屋去取印章。要回了"瘦山痴人"印章，艺术家冷冷地盘问他偷拿印章做过什么？还偷过家里的什么东西？是不是交了狐朋狗友受人唆摆想要倒腾字画？"你要是敢偷我的字画出去卖，或者帮人造假，你就别再进家门。"艺术家没问出什么，终于发怒了，一阵暴怒过后是不许他踏足画室的禁令。顾铭回到自己的房间，把刻刀、石头、印泥之类的统统卷成一团，然后径直走出去一股脑儿地扔进了楼道里的垃圾通道，听见它们哐啷哐啷地一路盘旋下去，直到砰的一声，砸到了底，尘埃落定。

老爷子住院了，靠营养液和氧气瓶维持着的生命颤颤巍巍，如同秋天枝头的一片枯叶，偌大的画室也缴了械，随他出入，神圣的禁地门户大开。他却一次也没进去过，最多只是倚在门边看，"本门禁地，擅入者死。"从前他总是会想起港台武侠片里紧闭的石头门和门边蹩脚的两行篆字。他当然也幻想过自己是永远逢凶化吉遇难成祥的主人公，就连这样凶狠的禁令对英雄的主人公也总是网开一面的。只可惜他不是。他从很久以前就明白了，自己注定不是这英雄戏的主角，即便这房子空了，艺术家不在了，他也不是。

画室里的陈设和从前一样，除了阿姨一周打扫一次以外，就再没有人进去了。黄花梨画案上还铺着宣纸、笔、墨、画盘一应俱全，艺术家仿佛刚刚走开，神圣的时间流只是暂时中断了，随时会继续流淌。他本能地绕开画案，走到旁边的

相见欢

架格前，那一整排的印石也还在。顾铭眼光逐个扫过去。他不是不知道结果，但还是强迫自己到这里来验证，好像非如此不可。对，非如此不可。小小的顾铭看父亲画小鸡啄虫子、石头上鼓着眼睛的小鸟、大红冠子的公鸡，也吵着要学画。父亲拿来毛笔，却要他练习书法。握笔，空中落笔，中锋行笔，要他一条一条地划直线。他不乐意了，吵着要画公鸡，母亲也说："你就教他画个公鸡嘛。"可父亲板起脸来说："不行，书画同源，必须打好基本功，非如此不可。"他要顾铭身体坐直，毛笔拿直，然后又强调一遍，"要想学画，非如此不可。"顾铭画了几天杠杠就荒废了，开始拿着毛笔胡乱涂抹，艺术家摇着头，喉咙里沉沉地响了一声，"朽木不可雕。"

顾铭后来知道那枚印章是寿山石，和艺术家同名，难怪他格外偏爱。那架格上摆着好几块大小不一的寿山石，为什么偏选了这块送给照片上那个模糊的女人，他不知道，也不想知道。他觉得愤怒，"真他妈的！"他骂出了声，就在艺术家神圣光圈的辐射之下，他好像看见自己嘴里喷出的唾沫星子在阳光下飞舞。他恨不得冲到老头子的病房，对着他软塌塌的耳朵大吼一声："为什么偏偏是这块石头！"

"没有问对问题"

　　和老柴第二次见面也是在那间咖啡馆。上次顾铭严重低估了对手，没有想过勒索者的分量。那个牛皮纸信封似乎不是为了证明外遇偷情的事实，而是证明一种可证明一切的能力。牛皮纸信封里面列举的任何一项都足以说明事实，可是对方却不厌其烦地列出了这道方程三种不同的解法，近乎炫耀。这次顾铭觉得自己是有备而来的，他决定速战速决。

　　"嗨，小顾先生，你好啊。"老柴还是春风满面，顾铭扫了一眼手机，这次他只迟到了五分钟。

　　顾铭刚要说话，老柴却转过头朝服务员挥手，张罗着要点喝的。他自己点了杯巧克力奶昔，又自作主张地给顾铭点了黑咖啡，"黑咖啡对吧，我记得你上次也是喝这个。"

　　老柴点完了单，才抬眼看顾铭，眼睛里是颇为诚恳憨厚的笑意，顾铭点了点头，黑咖啡，这是他这辈子喝过的第二杯黑咖啡了，跟老头子沾边的，即便是这样的事，也非得有黑咖啡搅进去不行，真不知是什么世道。

顾铭耐着性子等到服务员上齐了饮料才开口，"柴先生，你上次给我的东西我都看了，如果有什么要求，也请你提出来，我觉得我们……"他的话还没说完，老柴从那一大杯巧克力奶昔上把脸抬起来，朝他一笑，露出一口黄牙，"小顾先生，你也别先生来先生去的，怪见外的，叫我老柴就行了，朋友都这么叫我，其实说出来怕你笑话，我二十来岁那会儿大家就叫我老柴了，没办法，长得老，都叫了几十年了。"

老柴看起来兴致很高，叼着吸管，像麦当劳里的小女生一样一边喝一边啧啧有声，很享受的样子。顾铭有些丧气，拿起勺子徒劳地搅着杯子里的咖啡，低着头试图想明白一些事情，但脑子很乱，想不出什么。"哎，奶昔这东西真是好喝。"老柴拧了拧身子，感慨了一声，随即又有些歉意地笑笑，"我不像你们那么高雅，有品位，艺术之家嘛，从小都熏陶出来了。我就喜欢吃甜的，打小就喜欢，可那时候大人就是不让，害得我连吃块糖都偷偷摸摸的，搞不好还要挨打。唉，"老柴眨了眨眼，仿佛沉浸在往事里，"不是所有人都这么幸运，能有顾老先生这样一位父亲，真的，生长在一个衣来张口饭来伸手的家庭里很幸福吧？"

顾铭听他喋喋不休地说着，比较着父亲们的优劣，心烦意乱，他猛地端起咖啡喝了一大口，咣地一声把杯子放下，

"柴先生，老柴，我们开门见山吧，不如您开个价，怎么样？"他从椅子后面的包里把那个牛皮纸信封拿出来，放在桌子上，"您这么辛苦地收集这些，也是希望有个回报，是不是？"

老柴看了看那个牛皮纸信封，又抬眼看他，眼睛眨巴了几下，仿佛有些不解，又像突然被人打断了兴头，脸色渐渐阴沉下来，"我想你是有些误会了。这些东西我说了让你慢慢看，想清楚了再来找我。我以为你准备好了，没想到你这么让我失望。我真的对你非常失望。"说着，老柴伸手去拿那个信封。顾铭赶紧去挡，连声说："您这是什么意思？我不懂。"

老柴见他来挡，并不坚持，缓缓地把手缩回去，放在桌子上，身体向后靠了靠，眯起眼睛看了一眼对面的顾铭，一字一顿地说："小顾先生，你没有问对问题。"说完举起杯子，把剩下的一点奶昔连着空气使劲地吸进去，哧哧作响。"东西我已经给你了，剩下的就是你的工作了。"他的神色缓和了一些，"我猜你从前一定是好学生，会回答问题，考试考高分，进好学校，有好工作，一步不差，步步稳妥。我们的在校教育要求老老实实地记住答案，回答问题。我现在告诉你，出了学校大门，规则变了，不是记住答案回答问题，你得学会问正确的问题。问题问得不对，答案怎么能对呢？"

回去的路上，顾铭耳边一直响着那吸管连着空气刺耳的哧哧声。路上的车很多，一眼望去前后相接简直要连到天边。

他徒劳地用手掌拍打着方向盘，没有问对问题！没有问对问题？真是荒谬透顶。出轨偷情，抓住了是丑事，没抓住是风流韵事，这个世界不就是这样吗？难不成他不要钱，要玩道德审判？这个家伙到底是什么人？问问题，我又不是记者，让我问什么问题？

他曾经看过老头子接受某个电视台的访问，艺术家和那个留着短发、眼睛狭长的女记者在阳光明媚的大南间里，健谈的艺术家笑得中气十足，女记者笑起来一迭声，似是为艺术家的幽默谈吐所折服。那个女记者看着有点眼熟，也许还是个主持人，涂着红嘴唇老练地表演着钦佩、崇拜一类的标准化情感。他给她开的门，她一见到艺术家就笑起来，红嘴唇翘着，眼角仍旧平平展展。他记得在哪本书里看过，发自心底的笑一定会牵动眼角，假笑则不是。也是，怎么能要求人家真笑呢，就一份工作嘛，难不成还要当真？他听见女记者说："顾老先生，最后还有一个问题想要问您。您能不能对我们这些年轻的后辈说一说，您认为生活的意义是什么呢？"

"这个嘛，我还真不好回答你，为什么呢？因为我的生活还在继续啊，我虽年长却不一定比你们这些年轻人更懂生活啊。我只能说我们都还在寻找，永远在路上。要是你比我先找到，可别忘了告诉我哦。"艺术家声调扬起，随后自信的笑声沉下去，采访完美收官。女记者也跟着努力地笑了，笑声里分明是什么也没问出来的失望。

采访结束，顾铭进去收拾残局，茶几上女记者的那杯黑咖啡大约只抿了两口，当初她明明说自己喜欢喝黑咖啡的。白瓷杯子上印着浅浅的口红，杯子里已经冷了的咖啡黑得越发僵死一团。顾铭心里泛起一阵厌恶，想象着自己把它朝着女记者那乌蓬蓬的刘海和红嘴唇泼过去。白痴，当然问不出来了，根本就没问对问题。问题问得不对，答案又怎么可能对呢？

王宝钏

　　星期六顾铭起了个大早，老柴说的那个公园在南城。南城他也不是没来过，但已经记不得上次来是什么时候了。这里也说不上是被时间遗忘了还是只是冥顽不灵的固执，看上去一片灰，是灰头土脸破败老旧的灰，也是烟火缭绕尘世芜杂的灰，顾铭一路开车，一路看，楼房大多低矮，切割出的方方框框的小格子里大都青黄白蓝填得满满当当。平房似乎更多，一片片，似有一下一下纵切面闪过，他来不及细看，也多少有些不想看，路边的店铺倒是忽略不过去，一家一家，开着小小的门脸，顶着粗糙的招牌，名字仿佛是落在了上世纪八九十年代的夹缝里，祥云小卖部、爱芹水饺店，红的白的蓝的一个个大字，浮在灰灰的矮墙上，一个一个地从他的身边掠过。

　　顾铭打开两边的车窗，早晨的空气说不上清新，但呼呼涌进来却也有种杂乱的生气。他没有想到，上次见面之后，老柴会这么快联系他。电话里的老柴又恢复了笑嘻嘻的腔调，说他们京剧票友有演出，欢迎他来看。他摸不透老柴的意图，明知这家伙在故弄玄虚，也不得不抓住任何一次机会，硬着头皮在这玄虚里找线索了。

顾铭在老柴所说的公园附近停好了车，走了进去。公园里下棋的、晨练的、跳广场舞的丛丛簇簇，很有人气。顾铭探着脖子边走边看，这里空气的味道似乎有些不同，仿佛是从攒了十几年甚至几十年的旧时光里撒播出来一般，散散淡淡的，却仍旧不屈不挠。

进了公园没走多远，便有咿咿呀呀的板胡声传过来，顾铭循着声音走过去，只见一座红漆绿顶凉亭，凉亭里外摆着的几排木条凳上已经坐满了人，站着看的也有不少，把凉亭围了几圈，煞是热闹，想必就是老柴电话里所说的票友演出了。凉亭里一男一女在对唱，一旁伴奏的京胡拉得翻飞起舞，锣钹鼓板也打得扑棱作响，一派煞有介事的模样。唱的是《四郎探母》里最热闹的"坐宫"，西皮快板一句赶似一句，你来我往，高潮处引得叫好声一片。

顾铭四处打量，不见老柴，不过老柴既然叫他来，总归要现身。他耐着性子凑上前，一边听着唱，一边留心，见有了散开的人便替补进去，几段唱下来，挨到了一个勉强可观全貌的位置，便站定了。

相见欢

凉亭里的戏码从杨四郎换到了《野猪林》里的林冲，林冲唱罢又上来一个烫头发、穿连衣裙的薛湘灵，唱一段《锁麟囊》，悲悲切切，眉目攒动，翘着兰花指，还颇为入戏地凭空舞了几下水袖，底下接连叫好。

艺术家是不听京戏的。家里不时有人送戏票，除了推不开的人情，他很少去。艺术家喜欢西洋音乐，更年轻一点的时候听邓丽君，什么《小城故事》《何日君再来》，袅袅婷婷、甜香婉转的调子，顾铭都是先在家里而不是外面听到的。不过艺术家倒有一个学生是戏迷，迷京剧也迷昆曲。那学生姓乔，虽然比顾铭大了十几岁，但顾铭也总是跟着艺术家叫他小乔。小乔和艺术家其他的那些要么木头木脑要么故作深沉的学生不同，人如其名，生得唇红齿白，性情活泼伶俐，见了顾铭总是零七碎八地逗趣几句，一来二去就混熟了。艺术家常把京戏的赠票送给小乔，小乔有时也怂恿顾铭一起去。

赠票多是包厢雅座，位置好，看得过瘾，再加上小乔的点拨讲解，顾铭渐渐地对戏曲略知一二。小乔喜欢京剧老生，最迷的是言派。顾铭便也跟着听老生，听言派，听得多了，在家里不自觉地哼出声来，起落转承，有板有眼，艺术家听了，不说话，只拿眼睛看他。顾铭当作没看见，一句哼完便住了，吃完饭端了碗盘到厨房，走出来又哼起来，余光里艺术家的眼睛又看向他，那眼光不是赞赏，不是厌恶，也不是惊讶，就只是看着他。他还是当作没看见，再起两句，

"辜负了，十年寒窗，九载巡游，八月科场，才落得个兵部侍郎……"一路哼唱着下楼了。

小乔研究生毕业后回了浙江老家，顾铭对京剧也就慢慢地淡了下来。顾铭心里知道自己并不是真的那么喜欢听戏，他只是想找到一样东西，需要的时候，把自己整个装进去。他羡慕小乔讲起戏来神采飞扬、宠辱皆忘的样子，他也希望像小乔一样痴迷着什么，就那么一头扑进去，把自己忘了。可惜不管他试图痴迷什么，时不时地总会有一双眼睛看着他，冷冷地，不远不近地打量着他，让他既警醒，也丧气。

一曲终了，盘着高髻涂着红嘴唇的报幕员大姐又出来了，她学着电视里主持人的腔调，提起脸上的笑筋，"下面请朋友们欣赏《武家坡》选段。"话音还未落，旁边已经有挪座位和走动的声音，前排角落里起来一高一矮两个人，一边往台上走，一边和周围的人打着哈哈，颇有人缘的样子。

唱的人前边站定，京胡声起，锣鼓点随即紧咬着跟上。《武家坡》顾铭从前很熟，小乔临走时送他的几盘磁带里就有这一段，他听了不下上百回。他那时不理解，薛平贵调戏试探为他守了十八年寒窑的王宝钏，比耍流氓的都无耻，可最后两个人怎么一来二去就嬉皮笑脸地翻篇了？小乔说："你不能看这个，听戏不能像你这么较真的啦，你看这节奏，这层次。为什么说是戏呢？本来是一段苦得不能再苦的人生，可是我们中国人硬是把它翻成喜剧，所有的苦都给它摁下去

相见欢

不准冒头，谁不晓得人生苦呢？可就这样咬着牙把它摁下去，摁平了，摁碎了，摁化了，再翻过来看，人再苦比那蝼蚁虫蛇还是强吧？也就能翻出喜剧的底子了。你看这《武家坡》，难不成王宝钏等了薛平贵十八年，就因为他耍了个流氓就不要他了？心里的各种酸涩苦慢慢捱着是每一天每一分钟的事，哪里是戏台上这一时三刻演得完的。戏嘛，只是一张精致的皮。"

戏已经唱起来了。顾铭定睛看去，凉亭中间一高一矮两个人，高的那个五十岁上下，略有些谢顶，穿着麻布长袖衫，皱巴巴的却不失风度，举手投足标准的老生做派，是薛平贵无疑。旁边的那个矮个子，灰蓝色运动裤，姜黄色上衣，两只手比着兰花指竖在胸前，一定是王宝钏了。这王宝钏看着面熟，竟然有点……

顾铭眯起眼睛，再仔细看，面色黄中带紫，短圆脸上油刷刷两只圆眼睛，眉目扎人，腆胸叠肚，可不就是那个老柴，也还是那件姜黄色长袖保罗衫，只是黑西裤换成了运动裤，顾铭惊得一时间不知怎么反应，那边凉亭里老柴却已经呜呜咽咽地开口唱了起来。

"军爷说话理不端，欺奴犹如欺了天，武家坡前问一问，贞洁烈女是我王宝钏。"

他姿态身段略显笨拙，唱腔也时不时露出瑕疵，却相当投入，刚一起范儿就旁若无人，很有点凛然不可侵犯的味道。

他端起肩膀，缩着下巴，脸上似笑非笑，脚下缓缓倒着碎步，虽然相貌身姿远够不上旦角青衣的色艺，但一本正经微微摇晃着身子也颇有种严正却妩媚的风情。

顾铭有些不能相信自己的耳朵和眼睛了，听着老柴扁着嗓子高低起伏地唱着皮黄腔，再看他弯起手臂绞着兰花指，简直升起一种奇异的时空感。这怎么会是那个吸溜饮料像嚼骨头、看似嬉皮笑脸实则杀气腾腾的老柴？他是京剧票友不奇怪，可是这样乔张乔致扭扭捏捏地扮起女人，却是比前两次见面更加令顾铭措手不及。

不过既来之则安之，顾铭打起精神，老柴请他看戏，且亲自上场，如此精彩的一出，实在不容错过。何况又是他熟悉的戏码，更要认真看才对得起这一趟了。

《武家坡》的这一段对唱是他最初听戏时小乔介绍给他的，曲调简单，容易上口，很适合入门者的口味。王宝钏与薛平贵的故事更是耳熟能详，此段是王宝钏寒窑十八年后薛平贵归来二人相见的一场戏，薛平贵伴装成军中同袍，谎称薛平贵欠了他银钱故而要王宝钏夫债妻还以身相许，他百般纠缠调戏，王宝钏百般拒斥不从。从唱词听来，这一段王宝钏几乎是句句斥骂，声声谴责，而老柴翘起短粗的兰花指唱来却带着满满的自我怜惜，虽说是十八年寒窑风刀霜剑苦孤伶，他一双眼睛仍左右顾盼，不失风情，仿佛碰到这样一个强莽颟顸的军汉，是惊慌也是惊喜。虽是为了保全自己的贞洁，正色厉声地威吓，还有"打板子上夹棍铁饼烙油刑煎"如此不厌其烦的列举，即便是真要吓退强人，却流露着无法掩饰的妩媚天真和不甘寂寞。

二人你来我往言语挑逗，心思曲曲折折，一个唱："这银两三两三，送与大嫂做养廉。买绫罗做衣衫，打首饰置簪环，我与你年少的夫妻就过几年呐。"一个回应："这锭银子奴不要，与你娘做一个安家钱。买白纸做白幡，买白布做白衫，做一个孝子的名儿天下传。"说是斥骂，却更近于调情，在礼教森严的社会里和一个板上钉钉的贞洁烈妇调情，无论如何都有点惊心动魄吧。这一段《武家坡》，顾铭还从未像今天这样听出门道来。

戏终于唱完了，凉亭里的人纷纷散场，有些彼此熟识的留下相互问候寒暄，或者回味品评今天的戏码。老柴招呼着人收拾场子，搬凳子，跟认识的人搭着话，一副当家管事的模样。顾铭一双眼睛只管钉在老柴的身上，人越来越少了，他知道老柴会看到他。

果不其然，老柴一看见他，便笑嘻嘻地迎上来，人还没到跟前，声音已经吆呼起来了，"哎哟，小顾先生真来啦。哎哟，真是谢谢捧场谢谢捧场，你看你，还特地赶过来，真是给面子。你什么时候到的？早知道你来，我一定给你留个前排的位置。"

顾铭微微笑了笑，"柴先生多才多艺啊，戏码精彩，我今天也算是开了眼界。"老柴笑得咧起了嘴，嘴边的溃疡好像不见了，"嗨，让小顾先生见笑了，我们也上不了啥台面，就是图个自娱自乐。"他嘴上谦虚，表情却颇为自得。

"柴先生您谦虚了，看您这唱腔、身段，想必攻的是荀派吧。这一段西皮流水，看着容易，其实没有几年的工夫，恐怕是拿不下来的。"就在老柴走过来的前一刻，顾铭还没想好要怎么应对，此时却突然找准了调子，他要出其不意，看看一针扎下去到底能扎出什么颜色来。

老柴听了一愣，眼底仿佛闪过什么东西，转瞬又灭了，换上一副笑脸，比之前笑得更开了。

"没想到小顾先生是行家啊。哎呀呀，真是，我真是请对人了。果然是虎父无犬子，强将手下无弱兵。要不下回我们演出，小顾先生也来一段？就是不知道有没有这个福气请得动您。哈哈哈哈。"

老柴看上去笑得没遮没拦，顾铭却觉得隐约有股子戾气杀出来，脑子里转着翘着兰花指软媚的老柴，努力将这两个形象重合起来，却总是这里那里支棱出一块来，扎得慌。他不自觉地用力眨了一下眼睛，来的路上他想好的各种可能性都破了。

以不变应万变，顾铭脑子里突然闪出这句话，真是一句废话，废话一句。但不知怎么这废话一闪，倒让他心里有了点着落。

顾铭挺起胸膛，正准备接招应战，凉亭那边忽然快步走下一个二十多岁、人高马大的小伙子来，他上身穿着白衬衣，腿上看起来是跟老柴一样的蓝色运动裤，"柴哥，胡哥那边说他一哥儿们的车出了事，过不来了，你看咱们怎么送柳师傅他们回去呢？"

老柴只是扭过脸瞟了一眼，又转回来对着顾铭，脸上的笑意没停，只是顺着转成了抱歉的笑，一只手还伸出来隔空比着劝慰的手势，"不好意思啊，你看我这儿还有点事要处理，要不咱们回头再聊？"说完干净利落地一转身，把顾铭晾在那里，换个方向迎上去了。

顾铭想再搭话已经搭不上了，本能地抬脚随老柴走了过去。那个小伙子走到老柴跟前，又大声地把刚才的话重复了一遍，顾铭这才看清小伙子长得浓眉大眼，看着却让人觉得有些不妥，也不知是双眼分得太开，还是上下有些参差，说话时眉目紧拧，声音憨直，气喘吁吁，仿佛很是紧张焦灼，看神情不像二十岁上下，倒像做错了事的孩子，直愣愣地盯着老柴，求救似的等着他的指示。

顾铭跨了一大步走上前，站在老柴和小伙子中间，趁着老柴沉吟的空当，抢先一步说道："我是开车来的，你们要送人，我可以帮忙。"

老柴回过头，眼神有些诧异地盯着顾铭看了两秒钟，终于又挤出一点笑容，略带着点迟疑，"小顾先生贵人事忙，时间宝贵，怎么好劳您大驾！"

"举手之劳嘛，这有什么？柴先生不必跟我客气，再说您请我看戏，我有所回报也算礼尚往来。我的车就停在公园门口那边。"顾铭抬高右手朝公园入口处划拉了一下，"很方便的。"

他们口中的柳师傅正是刚才凉亭里伴奏拉胡琴的，六十岁上下的年纪，也许是双腿有残疾，坐上了轮椅，顾铭起先倒是并没有注意到。同去的还有两个年纪差不多的老人，据老柴说是柳师傅的街坊，一起来听戏的。他们坐在凉亭里，老柴向他们介绍顾铭，说是自己的一位文化人朋友，态度颇为恭敬，但口气说不好是炫耀还是揶揄。

顾铭点头微笑，柳师傅什么也没说，甚至看不出表情，有些耷拉着的脖子向外伸了伸，算是打了招呼。另外两个人当中有个微胖一些的，听了老柴的话笑得一只眉毛高一只眉毛低，没搭理顾铭，只是冲着老柴说："哟，你还有文化人朋友呐？嘿，这老柴啊，了不得了。"老柴没接茬儿，回头叫刚才那大高个儿，"彭子，快点儿，轮椅。"然后又侧过身来对着顾铭说，"那就麻烦小顾先生了。"顾铭点点头，老柴依旧是很客气的，但脸色似乎暗了下来，眼底隐隐闪着些阴沉的光。

一行人上了车，老柴坐在副驾驶的位置。车子开动了，后面坐着的三个人开始很沉默，过了几分钟，那位柳师傅毫无征兆地说道："老柴啊，今儿这王宝钏唱得不错，有点意思。"老柴哈哈笑起来，把脖子往后扭过去，"柳师傅，那也是多亏了您这把胡琴啊，托人托得稳，我才没掉下来，不然那点意思摔地上也就没意思了不是？"车里一阵笑闹声，老柴又把脖子扭回来，拿眼睛睃着顾铭，"这位小顾先生也是行家呢。哎，我都还没顾得上问，你觉得我这王宝钏唱得怎么样啊？"

柳师傅家离公园不算远，老柴指路，大概左右拐了那么几次就到了。下车的时候看见一片红砖楼，楼已经相当老旧了，外立面大约是前几年重刷过，红彤彤的像极了老太太涂胭脂，远谈不上好看，只是醒目，不光一大片砖红色刺眼，原先破旧的防护窗水泥隔断和掉了漆的楼门也愈发醒目。柳师傅的两位街坊已经下车走了，只剩下老柴和顾铭，在柳师傅左右两边搀扶着，进了楼门。

刚一进去，顾铭立刻觉得一大片凉意砸下来，蓦地有些不适应，走了两步，楼道里的光线漏出来，才看见墙上满是小广告和红黑喷漆的一排排手机号，是撕了贴、贴了撕之后衍生出的新抗体，一个个盘旋着张牙舞爪，极其顽强。

他走在楼梯内侧，隔着薄薄的一件衬衫感觉老人的骨头硬得像一块铁。柳师傅虽然上半身倚着他们，但还是自己吭吭地使着力气，那块铁一样的骨头就在顾铭手里一动一动的，带着体温还裹着一层干干的皮囊，一下一下地努力证明着衰老和不甘。顾铭想起衰老的艺术家，他没办法不想起他，他没有机会在他的心脏还努力地、不甘心地跳着的时候这样靠近他。艺术家风烛残年地躺在医院里，身上插着管子，他更是不能靠近他。

柳师傅家在四楼，顾铭无法想象他这样行走不便的老人每天是如何上下楼的，不过他不想打听，也懒得揣测，他没有兴趣靠近另一个老人的病痛世界，况且还有老柴，需他全力对付，由不得分心。

老柴显然熟门熟路，一边上楼一边跟柳师傅聊天，"强子最近回家了吗？""没有，过了年就打过一个电话，还是要钱。你说说我上辈子是不是欠了他的？"老柴打着哈哈，踢了一下楼道里摆着的一个落满灰尘的纸壳箱，"嗨，儿女债可不就是这么回事，你们得想开点，人平平安安的就行了。"

顾铭实在不想进到那扇锈迹斑斑的防盗门里面去，可是门打开，门里一个瘦弱的老太太站着，又好像没有别的办法。老柴一进门就把左手的胡琴递过去给老太太，熟络地招呼着，"今儿来的人还不少呢，下回要不您也跟我们凑凑热闹去？"老太太哼哼了一声，"我不去，还得在家做饭呢，要不然回来就饿，谁打发他吃饭去？"老太太鼻音很重，说话的时候目光从顾铭身上掠过，眼神漫不经心。

这是最老式的那种两居室，一进门拐个弯走两步便到了卧室，阳光穿过外间的阳台洒进卧室里，虽然被阳台上高高低低挂着的衣服隔着，还是照得很亮堂。屋里收拾得还算整洁，只是被一张双人床和两三个高低错落的柜子填得满满当当。顾铭低下头，不想细看，帮着把柳师傅扶到床上坐下，借口拿留在车上的轮椅，快步走了出去。临走时还听见老柴问着："你们那单间租出去了没有啊？"老太太的鼻音又响起来，"没有呢。上一个说要租一年，还不到半年就走了……"

顾铭开车送老柴原路回去。老柴意犹未尽地说起柳师傅，边说边瞟着顾铭的脸色，"唉，这老柳头不容易呀，要不是早年出事故伤了腿，也不至于……"他说到一半忽然急转弯似的刹住，"哎哟，你看我，闷着你了吧？也是，小顾先生住惯了相府的，到我们寒窑来那肯定是不自在啊，我还跟你这儿聊寒窑的事儿，真是没眼色哈。"

他说完静下来瞅着顾铭，顾铭只好稍稍转过脸去礼貌性地回看他一眼，见老柴眼睛眨啊眨的，全身却像被按了暂停键一样一动不动。这种刻意制造出来的停顿，像在表达指责，又像在表达困惑，实则在表达你为什么还没看明白我在指责你的困惑。

对于这个套路，他已经在艺术家那里领教过太多次了，没有破解的招数，只有低头和沉默。但是当下他不能低头，更不能沉默，他必须得说点什么出来，哪怕装糊涂呢……"柴先生这是入戏太深了吧？都什么年代了，哪还有什么寒窑相府的。"

老柴看顾铭绷起脸来，嘴里干笑了几声，又接着追出去几个语气词，"哎——哟呵呵——"，他把身子撤回来，向后靠了靠，松了松肩膀，像要卸下肩上扛着的什么重担，眼珠飞快地朝着顾铭斜遛了一下，同时微微压低了嗓子，用老成的口吻发起感慨来。

"这世上的人呐，甭管你怎么折腾，最后都是要分出个三六九等的，所以甭管哪朝哪代，都得有个相府寒窑。你说是不是这么一回事？"说完，他下巴一滑歪到顾铭这边来，脸上又挂起高深、世故的笑。

顾铭看着他自顾自地卖弄，心里一阵厌烦，"就算是吧，那王宝钏不还是从相府出来到寒窑住了十八年？这世界风水轮流转，说什么相府寒窑呢？"他语速颇快，语气也冲，这只求一战的架势倒是让老柴微微一怔。

也许是一时找不到话反驳，也许是刚好想起了先前的话头，老柴话锋一转，"哎，说起这个，小顾先生，你还没告诉我，你觉得我今儿的这出王宝钏怎么样呢？你可是行家，我不能走了宝，错过这么好的受教机会。"他看着顾铭，眼里的光闪闪烁烁，脸上却是一副亲善友好的、恳切的表情。

老柴上一次问他的时候，车正要到柳师傅家小区门口，老柴当时一迭声地给他指路，也就这么过去了。他现在又问起这个，顾铭意识到老柴请自己来看他的这出男旦王宝钏，应该不是偶然。好端端地又扯起什么相府寒窑来……也许以前他都想错了，难怪老柴说没问对问题，今天得把正确的问题找出来。

顾铭心里暗暗努着劲，嘴上却淡然道："柴先生这出王宝钏是演给我看的吧？"

老柴哈哈大笑起来，一连串哈哈哈哈的尾音向上宕起一道轻烟，"啊——，小顾先生真人不露相啊。我要说是演给你看的怎样，不是演给你看的又怎样呢？"

顾铭已经从一片居民楼中绕出来，上了大路，眼看离公园也就是一脚油门的距离，他抿了抿嘴唇，眼睛盯着后视镜，一边准备换道，一边作出好整以暇的样子，说道："你看这两三句话说不清楚，要不待会儿我们找个地方坐下来慢慢谈？"

老柴没言语。顾铭把车缓缓开进了公园里的停车场。他在等老柴的反应，他看好车位，停车，挂挡，还在等老柴的反应。老柴一只手搭在车门把手上，短粗的手指蜷起来，挨个在手掌和拇指间摩挲了两三个来回，终于转过脸来对着顾铭咧嘴一笑，一副无赖且慷慨的架势，喏，抢了你三千，还给你三百，老柴声音里有一种故意轻描淡写的庄严，"我这个人向来只讨债，不欠债。你今天帮了我，就当我还你一个人情。"

说到这儿，他咂巴了一下嘴，随后换了一副面孔似的，微微摇着头，半眯着眼带着节奏缓缓接下去，那神情像极了学堂里的老教授讲课时卖关子的样子——这是不难的，只要你听，听不懂，也没关系的，但这的确是不难的，这怎么会难呢？

"王宝钏，她一个相府小姐，放着金满筐银满筐的日子不过，怎么就愿意自贬身价去寒窑呢？和薛平贵郎才女貌做几年少年夫妻也还罢了，薛平贵走了，她苦守十八年又图的是什么呢？"

他一边说，一边从老教授的样子一路向下退，退成了中学老师的苦口婆心，一脸慈祥——你说，小学六年，初中三年，一路到高中，啊，这么辛苦读书考试到底是为了什么？问题真的不难，但你得打起精神小心应付，稍有偏差一整块慈祥的镜子就会碎成无数尖利的玻璃渣子和碎片，再怎么捡，再怎么扫，最后总会有那么几块扎到你的脚上、手指上，一阵阵刺心的疼。

顾铭定了定神，老柴仍旧带着慈祥的解密者般的笑容，"虽说这王宝钏是贞洁烈妇不假，心里难道就没个念想？盼的不就是薛平贵有朝一日能飞黄腾达功成名就，好赚个一品诰命凤冠霞帔翠罗裙？"

顾铭脑子里不由得浮现出凉亭里老柴比着兰花指，"贞洁烈妇——是我王——宝——钏——"，不对，应该是贴了片子匀了粉脸描眉画眼的老柴，凤冠霞帔翠罗裙，短粗的腰身一步一摇，发黄的牙齿被一张粉白脸衬得愈发暗黄，

相见欢

"啊……一品诰命——是我王——宝——钏——"。

一瞬间顾铭有点恍惚，竟不知道自己身处何地，也不知道与他这样缠斗不休的究竟是哪个老柴，是一排老柴中的哪一个老柴，也可能根本就是一整排的老柴。各种各样的，他过去所有的打不赢的人都站成一排变成了老柴。他是打不赢这场仗了吗？怎么觉得连认输都不知从哪里认起呢？要怎么才能突围呢？

顾铭兀自紧张地前思后想，那边老柴却已经开始打扫战场，他挥起左手举重若轻地掸了掸胸口看不见的灰尘，"呵呵，我就说到这里吧。我呢，你也看见了，要照应的人多，今天就不奉陪了。不过我随时恭候佳音啊，我上次说了，只有问对问题，一切才能水到渠成，哈哈，再见。"没等顾铭有什么反应，老柴已经推开车门下去了。

顾铭在车里又坐了一会儿。虽没得到实质性的信息，却非全然白费力气。老柴故弄玄虚的提示和狗屁不通的一番大道理，他还得好好琢磨琢磨，按照这家伙的逻辑，王宝钏图的是什么，他老柴图的又是什么呢？

醒了

　　虽然是周末，医院附近也和平时一样人声喧腾。顾铭的车还没出公园的停车场，就接到母亲的电话说父亲醒了，他一路开过去，脑子里过去的种种不断地翻涌上来，从前住在老单元楼里，父亲在已经磨光了的水泥地上用拖把给他画兔子、鸭子、鹅，拖把蘸了水，在地上一墩一拧，一只肥胖溜圆的鸭子，嘎嘎的声音叫着；老柴在咻溜咻溜地吸饮料，笑着，笑得两个眼角堆起厚厚的纹路；艺术家在偌大的画室里踩着竹凳去够书架上的书，然后哐啷一声，整个人连着竹凳一起倒下去；老柴又在咻溜咻溜地吸着饮料，眼睛瞪得圆圆的，又眯起来：没问对问题，你没问对问题。就这样一浪接一浪的，层层叠叠一重盖过一重，刷刷地过去，最后却什么都没剩下。直到遥遥地看见医院大楼，他才意识到他整个人是空的，除了仅有的一根神经绷着开车看路以外，他就像行尸走肉一样空茫。

周末路况本来不错，可是一开到医院附近就开始堵车。他讨厌医院，他从来都觉得医院是所有令人厌恶的极端矛盾体的集合地，到处飘着恨不得连皮肤都要蚀去一层的消毒水的侵略性的味道，可母亲却总是皱着眉头说："医院最脏了。"所以他始终保持警惕，不在医院上厕所，连去打个预防针也尽量不靠墙壁，不碰门把手，努力地出淤泥而不染。他并不是常去医院的，但几乎每次去都能看到一两个面色发青、神色惨淡的人，纵然家人两边搀扶着，还是会毫无预兆地跌仆到地上，轻得像一根稻秸秆，干了，折了。明明应该是沉重到化不开的痛，看起来却这样轻。

顾铭刚一进病房，就看见母亲手里端着保温瓶盖儿，坐在艺术家的病床前给他喂粥。自从艺术家住院以来，母亲每天都要阿姨熬一锅粥，变着花样的，偶尔也有能像今天这样真的给他喝上两口咽下去的时候，就像彩票买多了，偶尔总会中个十块二十块的，算是对坚持不懈者的奖励。老头子低着眼睛，一点一点地抿着勺子里的粥，抿到嘴里咕哝咕哝嚼几下，再一丝不苟地咽下去。

母亲见他来了，并没说话，只用眼神示意他坐下。艺术家做作业一样全神贯注地吃着粥，也许是真的没看见他。顾铭坐在房间角落的椅子上，看着病床上的那个老头，靠着两个枕头勉强坐起来，努力伸着脖子一口一口地喝粥。他的包放在膝盖上，牛皮纸信封躺在包里，照片、通话记录还有那块石头都在牛皮纸信封里。他是真真切切地想过把这些东西一股脑儿地甩在艺术家盖着白被单的身上，看艺术家怎么反应，看他张口结舌之下又能问出什么正确的问题。

可是他放肆的想象也就到此为止，浮皮潦草不带任何细节，他只能允许自己的想象停在牛皮纸信封落在艺术家身上的下一秒，就那么噗地一声拍在他身上，就停在这里，他不让自己再去设想后面的画面，因为他很清楚最后不能承受的不是艺术家，而是他自己。

顾铭把包放在脚边的地上，艺术家终于抬起了眼皮，扫了他一眼，他有些局促地站起来，叫了一声："爸。"

艺术家浮肿的脸显得很憔悴，眼神涣散地看了他一眼，什么也没说，他也许还没有恢复到可以说话的状态，不过就算能说话，顾铭也想不出他有什么话可说。艺术家昏迷的时候，他和母亲不是没有想过更坏的可能，但是他们谁都不说。他让自己的想象准确地在这个可能面前停了下来，就算有那么一小点惯性的力量，他还是及时收住了。

他想艺术家的从前，和那个女人在一起，在灰暗的路灯下面散步，想艺术家的身后，万一这件风流事张扬出去，母亲要怎样应对。他好像看见庄严体面的挽联一翻，走出个油头粉面的老柴，摇摇摆摆地唱着："一品诰命是我王——宝——钏……"

巴千山

就在顾铭胡思乱想的时候，病房的门开了，进来一个人，身形微胖，肤色泛白，头发剃得很短。病床前的粥刚撤走，艺术家半闭着眼睛向后半躺半靠下去，来人走上前，殷勤地说了一句："顾叔叔醒啦？"

来的是顾铭的发小，巴千山。巴千山的父亲和顾铭的父亲以前在同一个单位，顾铭和巴千山从小住同一个院儿，小学、中学也都在一个学校，虽然巴千山比顾铭大了两岁，并不在同一个班，但只要下课回了家，小顾铭就跟着巴千山呼朋引伴地在附近几个居民楼里窜来窜去地玩。巴千山不是孩子头，但他总是能跟最大的几个孩子头很快混熟。

院子里的小男孩很多，顾铭开始时也并不是和巴千山走得特别近。有一回他们一群小孩在隔壁院里比自制的土弹弓，开始是纸叠的子弹，后来觉得不过瘾，换成小石块，结果打烂了一楼的窗户。大家都吓傻了，只有巴千山在停顿了一秒后大喊："快跑！"

顾铭边跑边回头，看见楼门里冲出一个愤怒的中年男人，半谢顶，就因为顾铭回头看了他一眼，便一口咬定是顾铭打烂了他家的玻璃。那天傍晚中年谢顶男人敲开他家的门向父亲告状的情景，至今想起来，仍觉得像噩梦一般恐怖。

他努力地向父亲解释玻璃不是他打烂的，巴千山可以证明，那的确不是他打烂的。尽管他事后无数次悔恨自己屈辱的解释，但他当时的确是努力解释了。可是父亲根本懒得理他，只一句，怎么人家单单来找你，不去找巴千山？是啊，父亲已经给那个谢顶男道了歉，答应了赔偿，已经给他定了罪，既然如此，他解释又有什么用呢？

后来，巴千山带着顾铭先盯了谢顶男两天的梢，摸清了他上下班时间，在傍晚趁机溜进车棚扎了他的自行车轮胎。第二天早上顾铭和巴千山一大早起来，就埋伏在隔壁院子的车棚里等谢顶男，看着他气急败坏地骂骂咧咧，又蹲在地上捏捏弄弄，搞得一手油灰，垂头丧气地推着自行车出了院门。他们两个一直忍着，直到回到自家楼下才爆笑出声。看着谢顶男耷拉着脑袋推着自行车往修车棚去的身影，顾铭有点于心不忍，但巴千山却毫不在乎，他说："你可怜他，他一个大男人，一点小事就跑去告状，这就是他活该，你可怜他，就是妇人之仁。"

相见欢

后来巴千山的父亲下了海，开了个公司专门倒腾古董字画，赚了些钱很快便搬出了家属院。顾家后来也搬离了家属院。顾铭在学校里有时碰见巴千山，也就是打个招呼。顾家和巴家说起来知根知底，不过始终不远不近，谈不上真的交往，再加上住得远了，人情自然也就淡了下来。再后来，顾铭和巴千山各自上了大学，也就断了消息。

前几年顾铭在艺术家的画展上又碰到巴千山。其实艺术家的画展顾铭是能不去就不去的，那天正巧母亲打电话来说吹了展厅里的空调有点不舒服，要早点回家，顾铭才赶过去。就在他扶着母亲快要走出门口的时候，碰到了巴千山。巴千山穿着格子短袖衬衫西装长裤，黑皮鞋擦得锃亮，看到了顾铭母子俩，快步走上前打招呼，短短几分钟的攀谈，边跟顾铭叙旧，边见缝插针地跟他的母亲聊家常，照顾得滴水不漏，只是谈笑间身板微微前仰后合，俨然一副成功人士的做派。

尽管顾铭和巴千山空了那些年没怎么来往，但吃吃饭，喝喝酒，聊聊侃侃，从前断下的情谊就又接上了，接上以后巴千山就没让它再断过。逢年过节自然不必说，平时也是常走动，能带东西就决不空手。巴千山其貌不扬，嘴皮子却翻山过海，跟谁都能聊，有时候赶上顾铭不在，也能坐下跟顾铭母亲聊个把钟头，把老太太聊得心花怒放，小女生一样咯咯咯笑个不停。

巴千山开车，先帮着把顾铭母亲送回去，回来的路上在医院旁边找了家馆子，跟顾铭一起吃午饭。菜点好了还没上，巴千山和顾铭一边喝茶，一边闲谈。一口热茶下肚，顾铭这才意识到，自己从早上出门到现在一口水都没喝，茶水所到之处，铺陈出身体里的一片干涸，其实只是几个小时而已，竟像好几个白天夜晚的轮转。

"刚才老人家在跟前，我也没敢问，这人都已经醒了，医生到底怎么说啊？"巴千山表情显出少有的凝重。

"今天还没见着主治医生呢，本来探视时间是下午，今天破了例才放人进来。老太太就是没见到医生不放心才不肯回去，要不是你劝，肯定不走。对了，你是怎么进来的？"

"去年我爸不是做了一个手术吗？也在这儿，有熟人。这儿规矩是挺严，我说我就看一眼，还说了半天才放我进来，你瞧，也真是赶得巧。"巴千山不无得意地笑了一下，"不过话说回来，你心里有准主意吗？老爷子能不能挺过这一关？"巴千山的眼睛生得小而浅，但黑白分明，翻起来瞅着他，严肃却不失生动。

顾铭提了口气，又长长地吁出去，"之前说是不乐观，关键要看他什么时候醒，现在醒了，不知道会是怎么个说法。"

"现在人都滑头，医生说话也没个准谱儿。你呢，自己有什么打算？"

"我能有什么打算？一个已经倒下了，我得撑住了，不能让另一个也倒下。"顾铭脑海里闪过老柴的影子，心不由地一沉。

"有什么需要帮忙的，你就说话，别跟我客气。阿姨现在是最需要你的时候，你可千万得挺住。你站稳了，阿姨才能有个依靠。"

顾铭点点头。巴千山只比他大两岁，但为人处事一向比他沉稳圆滑。他思前想后，拿不定主意要不要侧面问问巴千山。

服务员上了凉菜，巴千山夹起一块夫妻肺片，嚼了嚼，很快转了神色，"哎，别说，这肺片还不错。你也别愁，像你们这样的，再怎么说，也就是单纯一病，毕竟家庭圆满，没那些个别的幺蛾子，那些事才叫折腾呢。"他又夹起一片，"我跟你说一好玩的事，前些年我们那边一艺术顾问，当然不能跟顾叔叔比了，不过好歹也算是一名人，还是一位收藏家，突然冠心病进了医院，这一进医院不得了，好家伙，一探病探出两房老婆来，不但有小三，而且连孩子都生出来了，好大一个人往那儿一戳。两边为老头儿的那点家底儿打得鸡飞狗跳，电视剧都赶不上他们热闹。"

巴千山眉飞色舞地说着。顾铭咬牙听着，一言不发。

巴千山又喝了口茶，咂咂嘴，"我要是老了，一定趁自己头脑清醒腿脚利索的时候立遗嘱，找好律师做好公证，省得后面各种麻烦。"他暧昧地一笑，笑容里分明隐藏着妻妾成群的幻想。

遗嘱。顾铭没空去挖苦巴千山的远大志向，脑子就停在遗嘱这两个字上。这几天什么都想了，就是没想这事儿。艺术家是不是已经立好了遗嘱，他没办法知道，也没办法去问母亲，问了母亲也未必晓得。他从来没想过家产的问题。他从小就被教育得视钱财如粪土，粪土不能挂在嘴上，不能放在心上。万般皆下品，唯有读书高。艺术家坐在书房里，环视他的国土与财富。艺术家把正趴在地上开小汽车的顾铭叫过去，神情肃穆地说："你记住，这间屋子里的这些字画，不能动，懂吗？就算以后败了家，也不能动。记住了吗？"

顾铭一口气喝了三杯茶，觉得心定了一些。他决定要试一试，却不知道怎么开口。不过既然一时间没有灵感，又不想被巴千山察觉，只好引开话题，"你最近怎么样？上回那姑娘你是分啊还是结呢？前一阵子我妈还问我来着。"

巴千山脸上浮起一层略带轻蔑的笑，"结什么呀，要东西要个没完没了的，忒烦人。"

巴千山换女朋友不算走马灯，也算得上是挂宫灯了，一年总会有那么一回。这次算时间长的，已经快两年了。大半年前巴千山还带着那女孩子来过顾铭家一趟，顾铭当时很意外，虽说是母亲说让他带来瞧瞧，但以巴千山的世故，不至于把母亲的话当真。况且，巴千山自己对那女朋友也未必就当真呢。

菜都上齐了，跟巴千山吃饭，总少不了肘子、扣肉、红烧肉之类的，今天也不例外。巴千山夹起烧得肥红油润的一块肉，眼睛盯着它从盘子里一路送到自己的鼻尖，进嘴之前，他像漫不经心地说了一句，"最近没怎么搭理她，居然给我整一小白脸来。"说完，一抬手把红烧肉送进嘴里，嚼完咽净，身体向后仰了仰，露出一个满意的笑，"嗯，糖放得多了点。"

顾铭看他波澜不惊，像说别人的事一样，忍不住追问："等会儿，你这什么情况啊？怎么小白脸都出来了，真的假的？"

巴千山偏了偏脑袋，"这事儿也说不上真假，那丫头跟我斗心眼儿，她以为她整这么一出我就怕了，会做小伏低地去求她。哥们我是什么人？我找到那小白脸一块砖头拍在他面前，跟他说他要敢挨我这一砖，我就成全他们，医药费我还全包，再不然就他拍我一砖，我也成全他们，医药费也不用他出一毛钱。那小子当场认屃。就这么一货色，还想来拆我的台。"

顾铭听着觉得有些好笑，从小到大他从没见巴千山跟人动过手，最多就是推推搡搡吓唬人，更别提拍砖这种事儿了，明显就是虚张声势，但凡有点胆子有点见识的，也不会被他这么忽悠。不过他自然不说破，只是顺着巴千山的话往下说："人家姑娘那是用激将法呢吧？谁叫你不搭理人家来着。"

"我照样没搭理她，还不是乖乖地打电话来了？我没提那小白脸一个字，就是要让她知道，别想跟我玩心眼儿。背着我找别人，哼，别说小白脸我找得到，就小白脸他祖宗十八代家底儿我想查也查得出来。"

顾铭心里一动，他知道巴千山向来人脉广，能活动，这话就算有水分，也未必全是忽悠人。他不能错过这个机会。顾铭心里打定主意，表面保持从容不迫，"对了，说起查人，我倒是想起来了。你方便帮我也查一个人吗？"

"什么人呐？"巴千山抬眼看了看顾铭。

"我们家老爷子有一方印，不知道什么时候弄丢了。前一阵子有人拿着出去问价儿，消息传到我这儿来了。本来一方印也没什么大不了的，不过一来老爷子忌讳这个，二来这印是他的心头好，所以想查查。你要是有路子就帮我打听打听，不方便也没关系，反正也不是多大的事。"顾铭学着巴千山四两拨千斤的架势，说得云淡风轻，心却在扑通扑通地跳。

"嗯。"巴千山皱起眉头想了想，"那人你见过或者有照片吗？知道名字吗？还有什么确定的信息？"

"没见过，不过听人描述过长相特征，名字不知道，就知道姓柴，别人都叫他老柴。"

顾铭向巴千山描述了老柴的长相，告诉他老柴常在南城的那个公园活动，喜欢唱戏。巴千山听得很认真，还把重要的信息都记在了手机里。吃完饭，巴千山说不陪顾铭回医院了，他答应了帮顾铭去查，一没拍胸脯，二没打包票，不过顾铭看得出来，巴千山是会帮他这个忙的。他大概要欠巴千山一个大人情了，不知道要怎么还，但那是以后的事了，眼下他顾不了那么多。

回到病房，艺术家仍保持着他离开时的姿势，半躺着，不知道是睡着了，还是在闭目养神，也许是先前那一碗粥耗费了他太多力气。顾铭实在不想就这样单独跟父亲待在一起，可是他已经答应了母亲。好在重症病房探视时间很短，很快就会结束。

顾铭在病床脚边的沙发椅上坐下，闭上眼睛，回想起刚才在走廊里与医生的对话。艺术家的病情，据医生说，各项指标都和昏迷前一样甚至还有所下降，所以虽然醒来，但情况仍不乐观，还要继续观察。顾铭听着心里一惊，母亲不在，他也不再顾忌，"这是不是……回光返照啊？"艺术家的主治医生姓宋，四十岁上下，暗黑瘦长脸膛，眉毛很浓，眼光精亮，听顾铭这话，回过脸来看着顾铭，两道浓眉向上一挑，带着一点戏谑却又不容置疑的口气，"我在这重症病房十几年了，从来就没见过回光返照。"

顾铭知道自己别无选择，只能相信这位瘦长脸浓眉毛的宋医生，那双精亮的眼睛射出的光，就像医学之塔上时时扫动的探照灯，他自然是要在这光芒下自惭形秽了。顾铭胡思乱想到这里，不由得心下暗暗一惊，自己究竟是希望还是不希望艺术家回光返照呢？

　　他睁开眼睛，艺术家似乎是动了动，又像发出了什么声音。这是最好的机会了，只有他们两个人，艺术家醒着，这半日情况稳定，说不定已经可以说话了。要是把包里那个牛皮纸信封里的照片拿给他看，他会说什么呢？至少会有反应吧。艺术家会哆嗦着一只手指着照片再指着他，艺术家总是喜欢用手指着他，那右手的神圣尺骨架起不容抵抗的投枪，先指着瞄准，再点几下，让它们弹射出去。即使胳膊和手指已经哆嗦得再不能瞄准弹射，习惯也还是习惯啊。顾铭觉得自己想得没错，一定是这样。如果艺术家真的能说话，他会说什么呢？"你——你——你——"就像戏里唱的那样吧，杨六郎点着八贤王赵德芳，"你——你——你，我与你一无有冤来二无有怨恨，你不该放雕翎箭射我的前心……"

猫

才过了两天，巴千山就打电话来了。顾铭着实没想到他这么快。巴千山在电话里语气很沉着，告诉了他一些基本信息，"待会儿我就把这些查到的资料给你发过去，那印我也已经托人留意了，如果有人出手，大概会有消息。"他顿了顿，随即又说，"人查到了，你打算怎么着啊？"

顾铭说："也不打算怎么着，就是想把那印找回来。再说我也有点纳闷儿老爷子的东西怎么到他那儿去的。"

巴千山在电话那头嗯了一声，"行，那你看着办。我最近公司这边事儿比较多，不然我就陪你去了。你自己当心点，这种地痞流氓，最会耍泼皮无赖，要是搞不定，你告诉我。"

柴向荣，四十五岁，红星机械厂三级电焊工，机械厂被收购改制后调到保卫科，离异，配偶子女情况不详。除了是京剧票友之外还是街道办事处协管员，并无收集文物的嗜好……

巴千山发来的资料里还有照片，应该是证件照，照片上的老柴看起来木讷呆滞，似乎是那种被人平白无故地打一拳都不敢还手的人，不知道巴千山是怎么看出他是地痞无赖的。

顾铭对着电脑看了许久，也许巴千山说得没错，可是他总还是觉得没有这么简单。照片里正襟危坐、如丧考妣的老柴，凉亭里妖妖艳艳、袅袅婷婷的老柴，还有咖啡馆里疾言厉色、忽明忽暗的老柴，他努力地把他们重合在一起，最终却乱了套。顾铭叹了口气，仰过身去靠在椅背上，闭上眼睛，无论如何，既然已经拿到了地址，总是要跑一趟的。

自从艺术家生病以来，单位一直给他开绿灯，不但工作量减少，下班打卡这事儿也免了。他所在的大学出版社本来就是看在艺术家的面子上请他的。他本来没想过自己会靠每天看书稿、改错别字过日子，可若不如此要靠什么过日子呢？他真的知道吗？他曾经两年换一个工作甚至一年换两个工作折腾来折腾去，结果还是茫然。他从来都懒得去证明自己，要不是实在烦了也不会这样。艺术家用手指着他，"我告诉你，工作没有问题，是你自己的问题，找那么多理由，你自己心不定，哪里都干不长。"谁知道呢，也许艺术家说得对。对出版社的工作他并不反感，反而觉得心里很静。艺术家也许真的比他更了解自己。在那家题着篆字的饭馆包间里，艺术家带着他和出版社社长吃饭，送走了社长，艺术家脸冷了下来，扔给他一句话，"这次你给我老实地待住了，再折腾，小心我打断你的腿。"

所以他两年多没再折腾了。这里果然好，艺术家生病，他连班也不必坐了。重症病房每天下午探视，他只要去，就可以午后下班。可是他有时候情愿上班，看稿子，改错别字。社长拍着他的肩膀，"小顾啊，这段时间你就多照顾照顾家里吧。"他并不想去，每天坐在重症室里半个小时，他不知道怎么打发。他不想回忆过去，也不愿意幻想未来。他就卡在现在这个扁平时间的缝里，无精打采不想出来。如果不是老柴，他大概现在还不上不下地卡在那里。

顾铭要找的地址就藏在一片弯弯曲曲的胡同之中。一条条小而窄的胡同破折号似的支棱起门户相连、屋瓦相接的一个个小院落，门墙屋瓦几乎是清一色的青乎乎雾蒙蒙的破败的灰，简直可以一路连到同样泛灰的天上去。虽是灰头土脸，却并不缺少绿意，弯弯转转就是一棵古槐，蓬蓬勃勃，恣意伸展着枝杈，还有颜色驳杂、大小不一的花盆里的花草，和路边的电线杆、电动自行车、自行车、板车以及各种砖头瓦块，或者铁丝搭就的储物平台争夺着大杂院里的狭小空间，宣示着生气，毕竟人才是这里最拥挤凌乱的存在，总要把这不甘心的主人翁意识宣泄出来，所以不只花草，就连风干了的拖把，也高高低低地在铁架子上一朵朵开出花来。

　　胡同路面上铺的灰色方砖早已残破，方砖底下翻出的泥土重新踏成了一条土路。土路如今堂而皇之成了主角，那些碎方砖点缀般点点嵌在其中，这样一来，自然高低软硬参差，走上去倒并不硌脚，只是顾铭一边走，一边找路，眼睛还得顾着钉在灰墙上的蓝底白字的门牌号，难免走得一脚高一脚低。他今天特意下了早班，要趁老柴不在的工夫探探底，只是找路就找了半天，身上也出了一层细汗。

　　门牌号终于对上了。顾铭暗自舒了一口气。他在院子门口停了下来，这里看起来住了三四户人家，缸、坛、盆、筐还有纵横交错的晾衣绳、自行车，拥挤杂乱一应俱全。正对着的那一户门窗有些破败，顾铭立在原地看着，想象着老柴推门从屋子里出来，看见自己家门口的不速之客一脸惊愕，转而变为愤怒：好啊，杀到我柴某人后院啦！老柴咬着牙，眼睛里喷出邪怨的光。

　　顾铭自顾自地想着，忽然听见左边一户人家的门开了，还没见人，已听见一个豁亮的女声传出来，"你找谁啊？"声音里透着警惕和不加掩饰的不耐烦。

　　顾铭定睛一看，是一个约莫四十岁上下的中年女人，穿着一件鹅黄色的长袖棉衫，套一件暗绿格的薄坎肩，青黄的一张瘦长脸，烫了卷的头发在脑后松松扎起，剩下不服管束的一绺绺油乎乎的碎发在额前耳侧耷拉着。这个女人，会不会是老柴的前妻？是同居女友或只是邻居？顾铭心里迅速过了一遍两人可能的关系，未及判断，女人的目光已直直射过来，投到他的脸上。

　　大约因为见他穿得体面，女人不免有些气短，但毕竟是面对不速之客，气不壮理也还直，于是在不甘的心的驱使之下，又补了一句，"你找哪位啊？"她上下打量的目光仍是寸步不肯放松的样子，声音已然是向后退让了。

　　"哦，请问一下，这里是不是住着一位柴先生？"顾铭早就想好了说辞，如果对方追问，只说是出版社做京剧选题来走访的，当然这也不全是他编的，他偶然在社里看见一份京剧唱腔历史的书稿，有了灵感。

　　"哦——"女人绷着的气势松下来一些，"你找老柴吧？他上班还没回来。你找他有什么事吗？"

　　"是这样的，我是在出版社工作的。我们社里最近要做一个老北京京剧票友的选题，听说这里有不少资深票友，柴先生就是其中之一，所以来走访一下，了解了解情况。"顾铭很诚恳地说道。

　　女人脸上露出彻底放松的笑来，"哎呀，我知道老柴喜欢听戏，没事也爱哼哼两句，没想到他都这么有名啦。他还得过会儿才能回来呢，您来早啦。"

　　"哦，没事，我就是顺路来踩踩点，正好附近也有其他的几个票友要走访一下。对了，柴先生是哪家呀？"

　　"这不就北边那间，"女人一抬手朝着顾铭正前方的那一户比了一下。果然，他的感觉是对的。"哎，老柴也是命苦，离了婚，孤家寡人一个，没个人在身边，这家就不太像个样子。"她似乎是察觉到了顾铭看老柴的家门时眼神里的一点异样，情不自禁地替老柴打起圆场来。

"那您知道柴先生平时除了听戏之外，还有什么别的爱好吗？我刚才聊的几个票友对传统文化都挺有兴趣的，什么书画、篆刻、古玩之类的，都知道得不少呢。柴先生在这方面是不是也有研究啊？"

"这我就不清楚了，我们平时也不聊这些个。"女人有些局促地搓了搓手，随后又抬手拢了拢脸上的碎发，"不过，我跟您说啊，"女人脸上显出些活泼的气色，眼睛也活动起来，她睃了一眼老柴家那扇紧闭的房门，微微压低了声音说道，"老柴这个人确实是不一般的，我早看出来了。"

顾铭心里一动，"哪里不一般啊？这个我们倒是很想知道的。"他尽量维持着脸上的笑。

"老柴前几年，也就是刚离婚那会儿，出过一事故，唉，半边身子都烧了，脚也瘸了，那真是……换了一般人，肯定挺不过来，可是你看人家现在过得好好的不是？每天还特忙活，隔三差五地就有人在门口叫他……"女人话音未落，身后的门里传来重重的几乎嘶哑的咳声，咳了又咳，一再地咳下去，直到终于把胸腔深处那一口浓痰咳到嗓子眼儿，再努力地把各处残渣余孽搜刮干净，噗地一声吐出来。女人听见声音，颇为厌恶地皱了皱眉，身体却已是回转的姿势。

顾铭还想顺势再追问几句，但看情形只得见好就收，"哦，您忙吧，谢谢您跟我聊天，还耽误您这半天工夫，不好意思啊。"

女人连忙摆手，"没有没有，嗨，就是随便聊聊，我们老邻居了。嗯，要不然，我等老柴回来让他跟您联系？你看，也没问您怎么称呼。"

"噢，不用了，我应该还会再来拜访的。谢谢啊，谢谢。您忙吧。"

"好，那您慢走啊。不送啊。"女人一迭声地说着，半侧着身子看着顾铭走出院子，才一转身进了屋。

顾铭走在小胡同的阴影里，心里想着从女人那里得到的消息。半边身子都烧了，他和老柴打了几次交道，居然没发现什么。如今仔细想来，似乎老柴常穿的那件保罗衫领口处附近的皮肤上的确有些暗色的瘢痕，难怪他把扣子系到最后一颗，夏末那么热也穿着长袖衫。不过脚瘸倒是没有迹象，也许已经治好了。这一趟探路的收获已经超出了他的预期。他看了老柴每天起居生活的地方，误打误撞发现了一段这家伙不堪回首的过往和隐痛。他觉得痛快解恨，可是也忍不住有些感慨。

顾铭一路走，一路想，并没有留意脚下的方向，再一抬头，似乎不是来路，而是一个陌生的岔口，路边还开着一间酱肉店。顾铭正犹豫着该往哪个方向走，忽然看见前面大约几十米处一个梳着短马尾的女人的背影。那女人穿着暗色的衣服，身形瘦削，手里拿着什么东西，走得不快，却似很轻。那背影——那背影看起来好像——是照片上的那个女人，那张他不知道看了多少次的 A4 纸打出来的照片上的那个女人。顾铭只觉得脑子里轰的一声，他仿佛看见艺术家伸出他神圣的右手尺骨护着她，他们一起走着，走得很慢，很轻。

顾铭下意识地攥起拳头，嗓子眼儿一阵阵发紧，来不及多想，三步并作两步地追了上去，但那女人却从前面的巷口一拐，拐入了另一条胡同。顾铭跟着跑到前面的巷口，却已不见女人的身影。面前是空荡荡的一条窄细的胡同，再往前又是人字形岔开的两条，他兜了两圈，一无所获。

只是一个模糊的背影，他当然不能确定，胡同本就狭窄，再加上还有来往的行人、自行车。顾铭凭着来时的印象，转了几次终于又转回到了老柴家附近的胡同口。那个女人也是住在这一片大杂院里吗？和艺术家一起在这里散步、聊天？

顾铭抬头看天，已是夏末时分，灰白色的天，能看见一抹一抹的无精打采的云，太阳在层层堆积的灰白色后面射出一簇簇细粼粼的光，是旧的褪了色的病快快的光，但仍然刺眼。顾铭皱起眉头，别过脸去，却看见前面几步远的墙头上坐着一只猫。他走过去，猫没动，只转过头来看他。

一只纯白色的猫，也不知是不是这天色衬的，白是白，但粗沙沙地泛着旧。它两只前腿支撑起身子，坐得笔直，脖子附近的毛很长，茸茸向外翻着。他迎着猫的眼睛看它，猫也瞪着两只灰黑色的圆眼睛看顾铭，不闪不躲，一动不动。顾铭定定地看，他从没有这样和人对视过，更别说一只猫了，他不知道自己为什么要这样看一只猫，但他停不下来，脑子空空的，就像那猫空洞的圆眼睛。不过也许这只是他一厢情愿的想法，谁知道猫的眼睛里都有什么呢？这个爬墙上树如履平地的家伙，常常从高处俯视这些只能靠两条僵硬笨拙的腿行走的人类，大概就像现在这样俯视着他一样觉得厌烦或者同情吧。

他走得更近，几乎是把脸迎上去看那只猫，拿出食物链顶端人类的威严总可以吓退它吧？可惜并没有，它还是瞪着一双玻璃球眼睛看他，眼睛里看不出畏惧，也看不出别的什么，只是那样眼光盈盈地看着他。他们对视了许久，顾铭终于泄了气，转头走了。

走出两步，再回头看，白猫舔了舔两只前爪，弓身站立起来，舞着尾巴尖，沿着相反的方向轻盈地迈着猫步走开了。

顾铭终于从胡同中绕了出来回到大路上，他抬手打了辆出租车，刚过五点，路上的车流渐渐聚拢起来，车刚开起来没多远，就又慢得像塞住了的酒瓶塞，使了劲儿拔出一点，再一点，终于又不动了。顾铭从车窗望出去，原来是有好几辆公共汽车接连进站，难怪塞得这样紧，人从汽车里哗啦哗啦地流出来，又横竖交叉地流散开去。顾铭漠然地看着，忽然发现了一个熟悉的身影，正是老柴。

顾铭打了个激灵，坐起身子。老柴肩上背着他那个女式的黑皮包，一只手里提着一个买菜的布口袋，里面伸出两根卷了叶尾的大葱。他终于换了件半旧的浅色暗条纹 T 恤，仍然是长袖，裤子黑乎乎的，不知道还是不是从前那条，膝盖那里前鼓后皱地像伸不直腿。

头发自来卷儿的出租车司机和不断从车前穿过的行人较着劲，咕哝咕哝地骂着看起来没少使力气，走走停停加起来也不过一两米的距离。老柴就从他坐的这辆出租车侧面经过，半耷拉着脑袋，看起来像被老婆管得服服帖帖，驯顺得再驯顺不过的那些男人，身体的棱角慢慢退化了，退成圆圆的一团，方便随时缓冲四面八方各种无法预防的碰撞。

老柴走了过去，狗一样地耷拉着脑袋，布口袋里那两棵大葱随着他身体的摇晃也茫然地晃着。那个黑色公文包，从前装着威胁勒索顾铭的大牛皮纸信封神气活现的，现在空了、瘪了，只是一个多余的点缀，在他身侧一下一下地摇摆着，成了几乎唯一还可以辨识的那个妖艳、嚣张的老柴留下的一点线索。

老柴背着黑皮包提着两棵大葱经过的时候，顾铭也跟着扭身子，视线一直追着他。出租车开出去一点又停了，他探着脖子继续看，被烧的大概是老柴的左半边吧，他的左脚好

相见欢

像走起路来是有那么一点点瘸。老柴走着，快要走进顾铭刚
才出来的那一片胡同了，他的背影看起来没什么特别，就连
那似有似无的瘸腿好像也是理所当然的，和街上的路牌、水
泥砖、电线杆、老槐树，还有行人、自行车、公交车一起，
是再寻常不过的北京。

照片

　　顾铭本不想赴巴千山的约，可是一来巴千山电话里的邀请极为恳切，二来他也乐得可以推掉陪母亲去医院看艺术家的差事，平时可以拿工作搪塞，周末总逃不过的，但是和巴千山出去，母亲便不会多问。他从母亲的神色里看出了她的心事，知道了她和巴千山私下里达成的默契，"你有空多带顾铭出去玩玩，解解闷，他总待在家里也不是个事儿啊。"他猜母亲大概就是这样跟巴千山说的。

　　他其实没想到母亲会和巴千山这么投契，从前他们住一个院里的时候，巴千山倒是来过他家，但那时是孩子们的世界，大人只是模糊且不相干的背景。母亲和巴千山真正熟络起来是这几年，逢年过节巴千山总会来看她，当然来了总是先要和艺术家应酬攀谈一阵，但留客吃饭、喝茶、聊天都是母亲招待。巴千山总带她爱吃的酥甜点心，她喜欢的印花丝巾，或者其他什么小巧别致的玩意儿，背后又总是有故事的，逗得母亲哈哈大笑。巴千山最会东拉西扯，母亲偏就爱听，有一次两个人说得兴起，竟然说到要结个干亲，如果不是艺术家突然生病，怕是巴千山连她这个干妈都要认了。

他并不是妒忌，也不会像小孩子一样觉得被抢了母亲。母亲向来宠着他，从小到大，任由他这个独子败家也好，纨绔也罢，闯出什么祸来都不追究。艺术家会骂他，狠狠地骂，不让他吃饭，不准他出门。他骂时母亲就听着，也不插嘴，等他骂完走了，母亲便温言细语地抚慰，偷着给他送饭，给他口袋里装零花钱。母亲是很活泼的，高兴起来抱着他乖啊宝的，唱唱跳跳也常有。他上了中学以后开始觉得尴尬，把母亲装进书包里的零食掏出来拍在桌子上，拧着脖子避开母亲伸过来的手，又或者黑着脸不情不愿地被母亲拖着在屋里转华尔兹。他有时觉得母亲像只大花蝴蝶在屋里飞过来扑过去，却常常是扑了个空。这些年他沉在和艺术家的鏖战里，也许真的忽略了母亲。

母亲其实习惯了被人宠的，他以前从没想过这些。有一次母亲心血来潮翻出从前的影集来看，里面有圆胖软糯包得像粽子一样、穿着开裆裤傻傻看着镜头的他的百岁照。还有他们的全家福，父亲母亲穿着白衬衫，抱着傻愣愣的脸蛋滚圆的他。他们看起来笑得很开心，不知道是怎么对着镜头准备笑的，又究竟笑了多久，有时候他甚至觉得他们最后是在笑他，笑他傻愣愣一脸茫然的样子。尤其是父亲，他戴着黑边眼镜目光炯炯地笑着。"看看，那时候你跟你爸多像啊！"母亲每次看到这张照片都会自动弹出这么一句话，他听得多了，也就听出了言外之意，那个时候像，也就是说现在不像了。

不过他觉得自己也不像母亲，母亲是圆脸，年轻的时候更是团团的喜气，至少照片上总是喜气洋洋的，远没有一般人拍照时的窘迫或紧张。父亲也很会笑，他笑得温和儒雅，不轻不重，不深不浅，仔细看，似乎都看得见他的嘴唇在微微抖动，"哎，好，就是这个表情"，"准备，一……二……三"，"好"。摄影师笑了，真是完美的照片，父亲母亲都笑得那样完美。至于孩子，摄影师也是努力逗他笑了的，只可惜他就是不笑，最后只好放弃了，有个傻孩子，并不妨碍那一张完美的全家福。

他从没想过父亲和母亲在那些黑白照片里的生活，他长大以后也从没听父亲母亲谈过。母亲偶尔会翻看那本旧影集，但看不出有什么留恋，或者怀念的样子，她只是看，要顾铭陪她一起看，有时候甚至像看别人的生活一样一惊一乍的。她是个很会享受当下的人，所以他真的不像母亲，母亲从不伤春悲秋，也从不沉湎于过去或者其他任何东西。

现在她大概是有些担心了，担心他每天这样两点一线上班回家的生活。她不是要他和巴千山一样，她只是要他和从前一样，和其他人一样。

酒精

巴千山和他约在后海的一间酒吧，他很久没来后海了，这里像堆积木一样生生地堆出来的繁华让他有点难受，看起来琳琅满目，其实是一样的木头刷了各色的漆，长条的，正方的，三角的，机器流水线上哐啷哐啷一下轧出来，就那么几个形状颜色，铺排开去却是华丽丽的一大片，但只要手指那么轻轻一推，瞬间就忽喇喇跌破了，只剩下满地的狼藉。

他们选了一家二楼带露台的，说是露台，其实不过是一层的房顶上摆了些桌椅沙发，再搭上绿白条的遮阳伞，便是简易实惠的欧式风情。这样物美价廉的异国情调，自然要批量生产才显出生意人的精明，于是凡是楼顶能摆上的都摆上了，像从杂志上直接搬下来的红的、橙的布沙发和刷得雪白的金属雕花椅大大咧咧排着，尽情无视着头顶灰色的天、脚下灰色的瓦和一眼望不尽的灰色的巷道。

顾铭看着高高低低的屋瓦，忽然想起老柴家附近墙头上的白猫，它大概就是从这个高度看人的，顾铭情不自禁地向后仰了仰，压低一点视角，又眯起眼睛，这样看上去，那紧挨着的一排排屋瓦好像一片深深浅浅的灰色波浪，天空辽阔，行人也比平常小一些，奇怪，只稍稍换了视角，人竟然一个个看着不同了。

顾铭想起白猫的圆眼睛，还有那样定定看着他的目光，目光里藏着的说不好是天真懵懂的婴儿，还是个倦怠世故活了几百年的灵魂。在那双圆眼睛里，他又是什么呢？

顾铭回到家里已经半夜十二点多了，他用剩下的一点力气和意志，尽量轻手轻脚地走到洗手间简单地洗漱了一下，就躺下了。他其实喝得并不算多，比起从前荒唐的日子来真不算多。从前大酒杯里套着小酒盅，大的啤酒，小的白酒，两个人轮流朝小酒盅里倒酒，谁把小酒盅倒沉了，谁就把整个一大杯连底儿端了。一大杯就是一打啤酒，喝下去肚子胀得要破了，喝到后来觉得那酒简直是流到血管里烧起来。可是今天晚上他最多也就喝了三瓶啤酒而已，有女孩子，又是大学生，总要斯文些。不过那些女孩子好像挺能喝的，尤其是那个穿红开衫的，叫赵什么来着，看上去不苟言笑目不斜视的，顾铭怎么喝，她也怎么喝，始终面不改色。

顾铭断酒有段时间了，今晚却没架住巴千山的撺掇，后者倒是拿开车当挡箭牌滴酒未沾。"来，介绍一下，这是我发小，好朋友，顾铭。这几位呢，都是年轻的艺术家。"巴千山笑嘻嘻的脸，白色连衣裙、黄色衬衫裙、红色开衫蓝色长裙，三个女孩子的衣服兀自在黑黑的空中晃着，颠颠倒倒，顾铭躺着都觉得晕，四面八方地晕。艺术家，这词儿他从小听到大，像一块口香糖嚼了太久，甜味儿没了，也硬了，还麻木地嚼着，扁了，圆了，直到像一团冷硬的塑料，成了舌头牙齿不和谐的侵入者。

顾铭觉得舌尖微微发麻，他又翻了个身，身体很重，明明已经躺在床上了，可还是能感觉出胳膊腿的重量，沉沉地向下压着。"艺术家啊，"老柴捧着那一大杯饮料一边吸一边说，"我向来是很崇拜艺术家的，真的。"老柴眼睛里的光亮起来，照到顾铭身上，森森地凉，像半夜的月亮。他进楼门前朝天上看了一眼，头顶一个大半圆的月亮，冰凉凉的。奇怪，他明明记得他们几个吃晚饭的时候月亮只是匀了粉红粉黄的一团影子啊，怎么到了半夜就这么大了？顾铭只觉得一阵凉意从脚趾沁上来，摸索着拉过被子盖上。

一个晚上他都是在冷热交替中度过，也不知道睡了多久，只觉得胸口烦热潮湿，好像出了一层细汗，但脚下仍是冰凉，蜷在被子里怎么暖也暖不热。他回到了大学宿舍，很艰难辛苦地爬到了摇摇欲坠的上铺，终于在狭窄逼仄的上铺躺了下来，躺着看电视里唱京剧，那个红色开衫蓝色连衣裙的女孩子在比着兰花指吟唱，忽而又变成了凤冠霞帔的老柴，艺术家怒气冲冲地走过来，高声喊道："你放过我吧。"他努力调小电视的音量，可始终没有用。他的床剧烈摇晃起来，像海上的风暴，他满怀内疚与自责，在剧烈的摇撼中苦苦支撑，他听见女孩儿们黄色、白色、红色衣裙窸窣的声音，还有她们的笑声，笑声由远而近，变得尖细，是鬼魂的报复，来来，快来，看那个人，那个人。

顾铭猛地睁眼醒过来，梦境陡然消失，变成了眼前的窗帘、床头柜、天花板，一样一样地带他回来。他像被绳子捆住似的蜷着身子，一动也不能动。他抬头看了看表，才五点多。

顾铭闭上眼睛，一点一点努力地回忆着刚才梦里惊心动魄的一切，不知不觉中再次沉沉睡去。

寒窑

接到老柴的电话是三天之后。他料到老柴的邻居会传话给他，也料到老柴不会善罢甘休。他本来以为老柴会气急败坏，却不想他在电话里仍旧笑嘻嘻的，"小顾先生，去我那儿摸底啦，还满意吗？既然你对我这么感兴趣，我满足你怎么样？"

顾铭不知道老柴葫芦里卖的什么药，但他知道无论如何都不能认输。老柴电话里说在自己家附近的那个街口等他，他只能去。其实除了忐忑，他也真的有些好奇。

出来的时候正是下班时间，顾铭没开车，先坐地铁再打车，终于在六点半到了和老柴约定的地点。老柴已经等在那里了，他站在路边张望着，手里提着个黑色的环保袋，见到顾铭，立刻摆出从前那种胜券在握而又略带夸张的笑容。

"小顾先生是第二次来哈，以后说不定要变成常客呐。"

他语带讥讽，却仍旧笑着，"不过今儿我们要去的不是我家，那地儿离这儿还有一段距离，你看我们怎么去啊？要不叫个车？"

顾铭点头，行，叫吧，早知道就让刚才那辆车等着了。他顶讨厌老柴这副故作商量、其实不容置疑的面孔。上一次在这附近见到他，还是拎着两根大葱，狗一样的颓唐模样，现在转过身来却又神气活现。

老柴掏出手机，"我问问人啊，应该就在附近。"说着，他拨通了一个号码，"喂，大胡，你这会儿在哪儿呢？……啊，拉客人呐，那行，什么？……行行行，我等你，好嘞。"挂了电话，老柴仰起脸来不无得意地说，"等两分钟，车马上就到。"

不一会儿，斜地里开过来一辆出租车，直停在他们身边。顾铭看了一眼老柴，老柴却没有理会他，自己一拉车门就上了车。老柴坐在副驾驶的位置，顾铭一个人坐后面。

老柴并没有介绍顾铭，而是自顾自地和那个叫大胡的司机有一句没一句地聊天。顾铭注意听着，老柴上车时并没说具体的地址，只是交代去老六那边。顾铭看着窗外的楼一路高起来，知道应该是到了东城。

车开到一个小路口停了下来，老柴回头问："哎，多少钱呐？"顾铭也开始摸钱包，那司机却粗着嗓门儿说："老柴，你这是骂我呐？"老柴挥了挥手，"得，我记着，记着啊。"

说着他推门下去，顾铭便也跟着。出租车一溜烟开走了。

这是什么地方，老柴不说，顾铭也不问。现在他和老柴似乎已经有了某种奇怪的默契。什么需要说，什么不需要说，大家心照不宣，彼此厌恶，也彼此容忍。

老柴带着他从小路进去，拐了个弯。顾铭一边走，一边琢磨老柴带他来这片写字楼林立的地方做什么，难不成这个老柴还有不为人知的另一面？正想着，也不知怎么，忽地眼前一闪，竟是一大片低矮瓦房盖就的民居。

这里大多是破旧的一层或一层半的红砖瓦房，站在狭窄败落的红砖巷道里，抬头即可看见不远处高大的玻璃楼体凝蓝水晶石一般衬在深蓝色天幕下，像一幅硕大无比的挂历，包围着这片破败原始的砖瓦地，在挂历的衬托下，红砖的颜色愈发像街边小贩卖的烤香肠一样红得驳杂可疑。红砖房的罅隙里夹杂着更破旧的简易棚屋，墙壁先前也是白色的，但如今那白色只是在不知道多少层水渍、煤渍、油污渍之下勉强维持着，撑不住了便随处剥落，露出狰狞粗糙的泥胎砖块来。路边随处堆放着垃圾，回收的塑料瓶、纸壳箱和三合板三步一岗五步一哨，花花绿绿地堆着。四处交错穿梭的电线，虽然密密匝匝杂乱无章，近得几乎要打到人脸上来，却也在无意中多少铺排出一片纵横捭阖的气象，仿佛是对不远处几尊肃穆凛然的高楼的嘲讽，同在一片天空之下，这样左一笔右一笔孩子似的涂鸦乱弹，居然就在它们眼皮子底下接入了这座高贵城市的血脉，创作，就是这样了，又能如何呢？

来来去去的人，有些衣着暗淡破旧，卷着油乎乎的袖管裤管，也有些衣履颇为光鲜，胸口晃着用蓝带子穿起来的写字楼的门卡。顾铭打眼看过去，好像很多人脸上都蒙了一层土似的，有些人笑着，笑容松弛，仿佛承接着生活的自然脉络一路顺流至此，还要一路顺下去；有些只是茫然，眼睛下面两团深深的阴影，嘴唇微微张开，硬挺挺的上半身，任由两条腿一前一后带着，直直地走，一步不停；还有些沉默着低头看手机，匆匆而过。

顾铭跟在老柴后面，拐了个弯走入一条宽阔些的小街，人流涌动，是这里的夜市。已是傍晚时分，两边的店铺沿街吊起的一个个灯泡，全都亮了起来，却似被慢慢升起的夜色含住，怎么都不够亮。顾铭看见路边一家水果摊，脸膛红彤彤的店老板站在一堆花花绿绿的水果箱中间，神情凝重专注，等待着一天最后的收割。沿街的小店排得满满当当，临时搭起的案板、纸壳箱子摞起来的铺面、玻璃木板安装成的小吃车，各自聚拢着三三两两的人。牛肉面、葱花饼、卤猪蹄、铁板烧，布鞋、袜子、秋衣裤，和周围的人脸一样，都在光秃秃的灯泡下面泛着不甘心的油浸浸雾蒙蒙的光。

顾铭不知道该怎么形容自己的感觉，好在不待他想太多，夜市就已经走到了尽头，店铺稀疏，灯光也暗淡下来，前面拐角处是一家亮着日光灯管的杂货铺，老柴就在那杂货铺门

相见欢

前脚步慢了下来。

　　这样的杂货铺让顾铭想起小时候。有一次家里突然停电，父亲牵着他的手去买蜡烛，杂货店里也停了电，小圆盘子里点起好几只红的和白的蜡烛，自然是没有平时那样亮了，但却有一种奇异的氛围，店老板有点像眼前的这个，圆圆的脸，圆圆的肚子，在团团的烛光下面，他的脸从下向上倒着光，像从前电影里的反派，但是并不可怕。父亲就在身边，他的手握起来很暖很厚实，他笑着从衬衫口袋里掏出钱，放在柜台上。顾铭那时刚够柜台那么高，他记得自己向上看着，店老板圆胖的身子像一尊天神一样矗立，落在阴影里的笑容有些高深莫测，后面的货架上铺排开他的杂货铺王国——丰盛华丽的零食、画片、饮料、糖果，在蜡烛的光影下闪烁着油画般幽暗浓重的光彩。父亲道了谢，拿起蜡烛正准备走，天神白胖的胳膊从柜台旁边的糖果罐子里拿出一支包裹着墨绿色闪光糖纸的棒棒糖，从上面递给他。

　　"这怎么好意思呢？"父亲从他手里夺下来。

　　"顾老师您跟我客气什么呀？这不也是停电嘛，让孩子高兴高兴。拿着拿着。"

　　眼前这家杂货铺并不大，L型的柜台，后面也站着一个圆实的中年男人，老柴把手里的黑色环保袋放在柜台上，"这是给孩子带的，托人买的，北京就那么一两家药店有卖的，都断货了。"

中年男人憨憨地笑着，"不好意思，麻烦你了老柴。"他从后面的货架上拿下一条烟递过来，老柴拿手一挡，"别介，你也不宽裕，再说都是为了孩子，拿回去拿回去。"

尽管亮着灯，这小店却仍罩着黑黑的光影，货架上的东西大约还是从前那些，柜台边上也摆着一个大大的玻璃糖果罐子，里面也一样有花花绿绿的棒棒糖，只是从前神奇的光晕都散了，只剩下粗糙劣质的现实，暗淡里的暗淡。

顾铭一只手牵着父亲，一只手攥着棒棒糖。他不敢在父亲面前打开，也不舍得。家里时不时会有糖果，母亲爱吃，他也爱吃。棒棒糖虽然少有，但父亲这样的默许更是少有。他牵着顾铭的手，一路走回家，走过路灯底下，棒棒糖纸变作了扁平的绿，没有了刚才童话世界里松柏一样幽深的光泽。他抬头看父亲，他的脸也与平时不同，他想问父亲为什么停电了路灯却还亮着？但他最终没有问，他隐隐地担心这样刨根问底会破坏了什么神奇的魔法。路灯下的父亲看起来有些神秘，有些心事重重，但不知道为什么反而让他觉得此刻的父亲离自己很近。他们从路灯的光下走进走出，脚下的影子慢慢聚拢，从虚长的一片到短而实的黑影，他看见一大一小的两个，一点点矮了又一点点高起来，小的是他，大的是头发浓密开始成为艺术家的父亲。

杂货店老板，叫老六的，打起货架一侧门上的布帘子，里面是一个开间，顾铭顺着望过去，正对着的过道兼客厅里

相见欢

应该是他的妻子和女儿在看电视，她们似乎看得很入神，并没有察觉到访客的存在，老六喊她们时才回过头来。母女俩的眼神空洞茫然，大概因为还沉浸在刚才的电视节目里，有些错愕于那个发光的小方块与眼前这一切的差距。不过她们随即笑了，和老六脸上的笑很像，一团面似的松软的笑，从眼睛向下巴一路塌下来。她们笑着邀请客人们进去坐，老柴谢绝了，他就和老六坐在柜台旁边的圆凳子上聊天。老柴问他生意怎么样？他说可以吧，就那样；问他身体怎么样？他也说可以吧，就那样。老柴不问了，说起他们共同认识的人，老六听着，零星插几个嗯嗯啊啊和呵呵的笑。

老六也抽空进去给顾铭搬了一个凳子，并不和他搭话，只是默默地搬过来放在他的脚边。顾铭沉默地坐着，杂货铺外面是一排破旧砖瓦房，房子前面一字排开好几辆写着歪歪扭扭的红漆字的铁板鱿鱼小吃车，再远处是深蓝色天幕下矗立的灯火通明的写字楼，和写字楼下面的马路上川流不息的车河。

回去的路上，顾铭和老柴都没急着打车，而是顺着路溜达，老柴说起杂货店老板的故事，神情肃然，语气也比平时凝重，"刚才那钟老六，原本也是我们一块儿的工人。"说着，他瞥了顾铭一眼，"我的老底你都查清楚了吧，那就不用我再说了？"

顾铭冷不丁地被他这样一问，有些慌乱，正想着如何应对，老柴却鸣金收兵，继续不冷不热地说："后来我们那儿黄了，他出去揽私活，老伴儿在家开着这么一小店，日子还不错。可是没过多久老伴儿突然犯病，他也出不去了，只能留在家里，一家人就指着这店过日子。唉——"

老柴说到这里，停了下来，抬头看了看前面，他们已经快要走出这一片瓦房了，转角处一盏破旧的路灯孤零零地照着这样的时空边界，已经是晚上了，没什么人，只剩下冷清暗淡。

老柴半个身子在黑影里，脚步和声音同时启动，"屋漏偏逢连夜雨，船迟又遇打头风啊。"最后一句他拖长了音，带出些戏腔念白的调调，顾铭不说话，耐着性子听下去，"就他那闺女，你瞧见了，前几年查出精神发育迟缓，求医问药家底儿掏空了，也没见什么大效果，现在正吃中药调理着呢。一家三口，就剩老六一个全乎人。"

顾铭回想刚才见到的老六的女儿，也和他父亲一样圆胖身材圆胖脸儿，剪着齐耳短发，脸上挂着松懈的笑。"精神发育迟缓？"他不禁问出了声，他还是头一次听到这个词。

"就是智力低下，用这么个词装点一下门面，不过他那孩子程度比较轻，生活能自理，就是复杂的事处理不了，估计这辈子都得跟着他们老两口儿了。"

老柴说这话时，他们正从那条光线暗淡的街角拐出来，繁华世界的裂缝合上了，对接得自然流畅，老柴的语气也依旧不冷不热，带着他一贯的不容置疑，只是这不容置疑他通常是藏在客套里的，但他说起那个老六，却是连这样的客套也没有了。

顾铭觉得自己好像在慢慢向下沉，老柴是故意撕开这个口子，他心里清楚。在这个世界上无时无处不在上演着各种悲惨的戏码，老柴压着他的脖子让他从那个撕开的口子里伸头去看。他觉得腻烦，但毕竟还是看见了。那个穿红衣服的姑娘在他们临走时有些慌乱，老六送他们出门，老六的老伴儿也站起身走到柜台前面，顾铭临迈出门口时又回头看了一眼，看见那姑娘觉得自己该做些什么，却又不能确定，故而有些紧张无措，还有老六，憨厚的、木然的、带有歉意的笑，他有成百上千个理由应该生气、诅咒，但他却在笑。杂货店黑乎乎的家具在顾铭眼前晃，还有帘子里的小开间，一路通到里面的床。顾铭难以想象那里面的格局，老柴带他来这里，究竟是想要做什么呢？

"怎么样？到我们这寒窑来，是不是觉得不习惯呐？呵呵，你不是已经去了我那儿了吗？既然要看，我就带你看全套，这样的寒窑还多得很，什么时候您想看，我随时奉陪，包您没见过，没听过，连想都没想过。怎么样？"老柴斜着眼睛看他，脸上浮着一层冷冷的笑。

顾铭被他看得后背有些发凉，老柴忽然斜地里亮出兵器，让他有些猝不及防，不过这不也正是他一直期待的吗？打就打，他咬了咬牙，定定心神，不动声色地回应："不怎么样。"他也回敬了老柴一眼，"你真以为我是锦衣玉食长大的？"他一边说，一边努力整理自己的思绪，脚底下不自觉地停了下来，"就算我真是，难不成这就成了我的罪过？再说，要是没这罪过，柴先生你怕也不会找上门来吧？"

老柴听了他这几句话，从嗓子里咳出几声干笑，眼睛里放出近乎攫取的凶光，"哈哈哈哈，小顾先生啊，你总算是说着了，说到点子上了。是不是锦衣玉食您自己听的看的应该有判断，至于有没有罪过，那就既不是你，也不是我能判断的了。只是眼观鼻鼻观口口问心，你真的问心无愧吗？你知道那些有钱人为什么动不动就拿钱出来做慈善？你当他们真的是善男信女菩萨心肠？"他说完，也不等顾铭，只管往前走。

"所以你带我来看这一家三口老弱病残，是要怎样？要给我一个名目捐钱？"顾铭追上去，他索性豁出去了，把话说开了也好，他实在是受够了老柴这样左兜右转。

"老弱病残？"老柴回过头来看着顾铭，脸上既有夸张的惊愕，又带着些许愤怒，"顾少爷，这四个字可不是像你这样用的。你生下来就不愁吃穿，养尊处优，你可知道你轻轻松松说出来的这四个字压垮了多少人？别的不说，就你今天看见的这钟老六，一家三口几十年就挤在这三十来平米的地方，他一个人骑着三轮车上货下货，累病了都不敢上医院，

他今年才五十几，他亲口跟我说他现在不敢病不敢死，死了
女儿不知道靠什么活。你现在问我是不是要给你一个名目捐
钱？"老柴说到这里，重重换了口气，"我反复跟你说，问
不对问题就不会有正确答案，小顾先生，你真是一而再、再
而三地让我失望。"

老柴的脸由愤怒转为冷冷的鄙视，这种几乎毫不遮掩的
鄙视在老柴这里不多见，但他对此并不陌生。他是在鄙视的
目光里长大的，老柴这鄙视的神态，和伴随着鄙视的画外音
的艺术家即使没有十分也有六七分相似。艺术家好像也说过
类似的话，"你真是一而再、再而三地让我失望"，嗯，听起
来还真像他的口气。什么时候说过呢？一时又想不起来了。
但他应该是说过的，艺术家冷冰冰地向下看着他的那副面孔
就在眼前，好像应该还有动作才对，长长的水袖配合着话音
和鼓点向斜下方刷地一甩，抛出两片白花花的袖管，那真是
失望透顶无可挽回了，被鄙视的他被那水袖一击，也必然要
轰然倒塌无药可救了的。

想到这里，顾铭觉得莫名的荒诞和滑稽，是啊，这一切
都太荒诞滑稽了，他忽然觉得心里一松，脸上竟不自觉地露
出嘲讽的笑来。

老柴只当顾铭是在笑他，似要恼羞成怒，却又有些摸不
着头脑，一时间不知怎么反应，只是继续发狠地盯着他。顾
铭那边却已经笑出声来，越笑越觉得可笑，他也不知道自己

是怎么了，竟然似跟屁虫一般跟着一个素昧平生的人跑东跑西，被对方绕得七荤八素团团转，还什么煞有介事地问对问题才能有正确答案，这也不知道是哪儿抄的什么台词。

他再看老柴绷着一张脸有些发懵的样子，越发觉得痛快，心里也豁然开朗起来，既然这样了，他越发要乘势而上。想到这里，他开口道："抱歉让柴先生失望了，我真不是故意的。这种事不知道柴先生您怎么样，我可真是长这么大头一次遇到，没经验也可以理解不是？问题既然没问对，我就换一个，总要允许别人犯错误嘛，是不是？老柴您见多识广，交游广阔，老六是您的工友，想必那个女人，我是说您给我的那张照片上的那个女人，也是您的亲朋故友吧，或者同事邻居？"顾铭顿了顿，看了一眼对面的老柴，接着放缓了语气，"我也真是有很多问题请教的，我们还是找个地方坐下来，再谈谈吧。"

他说这话时，已经看好了前面不远处一家二十四小时营业的面馆，不等老柴开口，便侧身打开两只胳膊，只管半兜着老柴往那个方向走过去。他突然提起照片上的那个女人，其实只是灵光一现为了突围，没想到却诈出了一张老柴的底牌。老柴听到"同事邻居"这几个字时那一瞬间的错愕已给出了八九不离十的答案，同事大概不是，那么就是邻居没错了。顾铭听见了自己怦怦的心跳声。

牛肉面

面馆里的灯并不是很亮，可不知道为什么有些刺眼。顾铭招呼老柴坐下，自己点了碗牛肉面，随后把菜单推向老柴。老柴似乎还没有从刚才的惊愕当中缓过来，表情仍带着几分愠怒和迷惑，不过看见菜单倒也并未拒绝，低下眼睛看了看，却不开口。顾铭见状，笑道："这里吃饭是简陋了点，今天晚了，先填填肚子，改日有机会再请柴先生。"他边说边把菜单调转过来。顾铭自然知道老柴不情愿这样被他摆布，但既已下定决心，就不会给他推脱的机会，"要不您也就先来碗面吧，呃，牛肉面怎么样？"

不多时，两碗面和几个凉菜上桌摆齐。顾铭替老柴递过筷子之后，便头也不抬地呼哧呼哧吃了起来。他是真饿了，面条味道一般，但下了肚令人觉得朴实熨帖，正足以安抚他心里不足为外人道的焦荒，虽是夏末时分，热乎乎的面条吃下去，反而让他觉得从里到外地清爽了起来。他不理会老柴，只顾自己吃，吃了大半碗才听得对面也动了筷子。他又等了一下才抬起头，老柴吃得挺斯文，也说不出是哪里不一样，仿佛整个人缩了起来，没有了平时摊开了咄咄逼人的架势，虽然半低着头，也看得出他脸上的表情，那郁郁不伸的样子，颇有些女态。顾铭跟老柴打了这些时日的交道，看他这样不免有些诧异。

顾铭决定乘胜追击，对于老柴，他没少琢磨，却越琢磨越觉得四面高墙，无从下手，反倒觉得正面碰撞，兴许能碰出个豁口来。想到这里，他放下筷子，向后靠去，双臂在桌子上摊开，桌子底下的双腿也随之向外伸展。这样大剌剌的架势半是无心半是故意，不想右脚向外伸时突遇阻滞，他知道踢到了老柴，连忙移开，老柴矮胖的身躯却好像重重一跳，脸上瞬间变了颜色。顾铭连忙咕哝了一声"对不起"，老柴眼睛也不抬头，鼻子里哼了一声。顾铭的千军万马也因此僵在了桌子一侧，无法似先前想的那样杀将过去了。

老柴继续吃他的面。顾铭一面反省自己两军交战时仍然善于抱歉的心，一边迅速思考着对策。多亏了艺术家，他很熟悉这气势凌人的沉默、鄙视，不是习惯，只是熟悉，不觉得陌生，自然也就不觉得害怕。他有经验，沉默也是有音量的，开始时很大，大得直震得人耳朵、头皮都发麻，可是渐渐地这音量就小了，一点点汇入空空茫茫的时间之海，直到

相见欢

变得像游丝一样，到最后他甚至努力去追逐这游丝的痕迹，
只可惜还没追到什么，这一轮沉默的游戏就结束了。结束了
就结束了，他也忘了遗憾，下一次从头来过就是。他从未想
过自己要回应什么，在沉默里沉默着就好了，从来都是这样。
即便他已经这样大，到了快和当年头发浓密的艺术家同龄，
他仍在面临已老如枯叶的父亲的沉默注视时本能地转过身去，
顺流而下。

　　老柴将这片刻的沉默砸下来，他还是本能地要去扛的，
他不怕这样的沉默僵持，他知道自己扛得住，但为什么要扛
呢？除了扛着忍耐等待，他还可以有别的选择，可以抡圆了
原物奉还，再给它掉头砸过去，或者砸向别的什么地方，再
不济他也可以闪身躲开，让它就在地上砸一个窟窿。不论
什么砸坏了就砸坏了，为什么总是他要觉得抱歉呢？砸坏的
东西未必值钱，即便值，始作俑者不是他，又为什么要他来
赔呢？

　　他重新放松身体，继续刚才没完成的摊开动作，两手抬
起，顺势交叉在脑后。他看了一眼老柴，又把目光移开，"夏
天吃口热的还挺舒服，难怪有人喜欢三伏天吃火锅呢，图的
就是一个痛快。柴先生觉得呢？"不等老柴搭话，他又接下
去慢条斯理地补了一句，"我已经查到那女人的底了。"

　　顾铭眼看着老柴身体微微一震，随即抬起头来，目光里
放出险恶的阴沉惶恐，像河底翻起泥沙，看不清水里暗色的

沙石。顾铭还是不等他说话,又说道:"柴先生不信?呵呵,我既然查得到柴先生,也就查得到她。这个世界,有钱使得鬼推磨,柴先生不是觉得我锦衣玉食吗?要查个人又怎么会很难呢?"老柴眼里的泥沙渐渐沉淀下去,试图恢复高深莫测的表情。

顾铭看着老柴,努力让自己保持微笑,"不过,柴先生喜欢让人猜,我喜欢直截了当。我也可以直接去交涉,只不过我觉得凡事都应该有始有终,既然在柴先生这里开始,我也希望在柴先生这里结束。"顾铭说到这里,顿了一顿,等老柴的反应。

老柴不置可否,低下头去接着吃。碗里的面条已经被他吃得差不多了,只是锲而不舍地用筷子细细地捞着零星的肉末和碎面。

顾铭一时不能确定老柴在打什么算盘,可戏已经开场了,也只有继续唱下去。"这段日子以来,我不敢说对柴先生十分了解,但也有了新的认识。我知道柴先生是有志之人,我也愿意为柴先生提供一些力所能及的帮助,没有别的,只是希望和柴先生交个朋友,您看怎么样?"顾铭觉得意思已经说完,便收了势,眼睛直直地看着老柴,等待他的反应。

老柴停了手里的动作,缓缓地把筷子架在碗上,身子也随着直起来,慢慢地抬头迎向顾铭的目光。他脸色阴沉,鼻翼微微张开,眼睛一点点睁大,放出凶恶冷峻的光,随即却又微微眯起，现出眼下青黑色的两团，他从鼻孔里很轻地冷哼了一声，嘴角斜出个恶意的冷笑来，瞬间散了，脸上又是一片阴沉。

"不知道顾小少爷你打算怎么帮助我们这些老弱病残呢？"他定定地看向顾铭，似乎并不真的期待他的回答，只是直直地看着他，仿佛要用这眼神铺出个直戳戳的破折号来，"跟我们这些人交朋友可不划算，只出不进，对顾小少爷您一点好处都没有啊。"

说到这里，老柴神情突然一松，整个人仿佛霎时间云开雾散阳光普照似的又来了精神，他伸手拿起桌上的茶壶，给自己倒了杯茶，仰起脖子喝了，随即又说道："不过也是，顾小少爷想必是施舍惯了的，马路上、地铁里的老弱病残也没少给钱吧？"

他说着竟笑了起来，干笑了两声，脸色又倏地一紧，阳光瞬间暗淡消失了，阴影里仿佛留下些来不及退去的刺眼的光点在旋转。顾铭觉得有些发晕，耳边听得老柴的声音再度响起，声音不大，却一个字一个字重重地敲下来，"只不过有一点啊，我们是老弱病残不假，但我什么时候告诉过你我们是乞丐来着？"

昏迷

顾铭看了一下表，已经快十点了。刚才母亲的电话打得不是时候，又或者太是时候。手机铃声响起，恰好破了令他有些不知所措和尴尬的局，拉来扯去，似乎又回到了原点。不过他并不甘心，他不一定没有翻盘的机会，但这样也好，毕竟是体面的退出。他没有得到期待的结果，但已经正面交锋，这一次他也不算全输。

顾铭坐在出租车里担心着母亲，电话里母亲的声音听起来很焦虑，是那种尽力克制的焦虑。他熟悉母亲，母亲从来都是越在紧要关头越能够克制自己，不慌不乱，这种特质让他不止一次感到不可思议。她仿佛在方方面面都和艺术家的性格相反。艺术家病倒了，她平日里的说笑少了些，但其他几乎一切如常。她甚至坚持关于艺术家的病情医院要第一时间通知她而不是顾铭，不论什么时候，她都开着手机，睡觉时放在床头。这些日子顾铭忙着和老柴周旋，虽然担心母亲，但见她一切如常，便也渐渐放下心来。

这一天下来，顾铭仿佛经历了好几个寒暑，但到了这时却并没有觉得头昏脑胀，反而神思格外清楚。他下了出租车，站在滤了色一般昏黄的路灯底下，抬头望了一眼亮着灯的灰白冰冷的医院大楼，觉得这咫尺之间竟仿佛是阴阳相隔的两个世界，医院门口的一颗大树，一边是黄灯下沙沙的黑暗，另一边却是白光下劣质的塑料绿。

并没有什么风，但顾铭觉得身体里似打了个寒战，也许刚才老柴倏忽变化阴晴不定的情绪有些感染到他了，他觉得自己的身体也仿佛浸在这半明半暗里。来不及多想，顾铭整理了一下衬衫，便匆匆走上楼去。

急救室红灯亮起，两扇门紧紧闭着，门口坐着的母亲看起来很安静，也似乎比平时小些。顾铭心里一紧，快步走到母亲身边，轻轻唤了一声，便在她身边坐下，伸出手轻抚母亲的后背。

母亲抬眼看了看他，没说话，脸上也看不出特别的焦虑或者紧张。"你晚饭吃好了吗？今天不知道要在这儿待多长时间呢，要不你先去买点吃的？"顾铭摇摇头，那晚牛肉面还在肚子里，嘴里若有若无的味道泛起，老柴的脸便又出现在眼前。顾铭稍微调整了一下姿势，两只手收回来揣在兜里。

"你最近是不是挺忙的？整天往外跑，是应酬比较多吗？"

　　他虽不想回答，但母亲在这个节骨眼上宁可选择闲扯些家常，也不想面对现实，而他也完全无力去扭转。电话里母亲微微流露的失态已经荡然无存，根本无法再提起或再回到那个时刻。他嘴里含混地应付了一句，便低头不作声了。

　　他不是没有想过要和母亲谈一谈，想好的种种，真到了母亲面前却什么也说不出了。算了，也不用说什么，该来的就来好了，他从小到大没和父母真的谈过什么，不是也都过来了？无非就是一件事接着一件事地办下去罢了。

　　巴千山所说的争遗产的事情再一次飞快地在脑海里掠过，老柴凶狠凌厉的眼神也一闪而过。会吗？顾铭下意识地抽出双手撑住两边的太阳穴。老柴这件事不能再拖了，自己现在已经陷入了僵局，也许……

　　顾铭感到太阳穴在微微地跳动。眼角余光似乎看到急救室的灯微微一闪，转头去看却发现红灯依旧亮着，纹丝未动。他从没想过自己会在父亲急救室的门前思考这样的事情，也许里面的艺术家已经是最后一刻了，隔着一道门的自己却是杀伐算计的心。

　　他揉了揉太阳穴，母亲定会以为他是紧张或者担忧吧？说是父母子女，又有多少能真的相互理解彼此看透？想到这里，顾铭觉得身体深处泛起一阵寒意。那么艺术家呢？他从来没有想过自视甚高的艺术家会在那一片灰头土脸的胡同里有另外一个女人。他向来觉得父亲看错了他，看不透他，甚至大多数时候根本看不见他，但他又如何呢？三十年共处一室，他真的看见了看懂了父亲吗？万一是他看错了呢？

十一点左右，父亲被推出急救室，想象中的画面并没有发生，母亲和他只匆匆看了一眼，仍旧昏迷的父亲再次被送进了重症室。这次负责抢救的是宋医生，他看起来有些疲惫，"目前病人已经脱离了生命危险，不过还要继续观察，先把情况稳定下来再说。你们也不要太担心，回去休息吧。"不等他们说话，他又补了一句，"病人体质比较弱，病情出现反复也是正常的。有什么消息我们会再通知你们，现在你们能做的也就是好好休息，明天探视时间再过来吧。"

顾铭知道这时候追着宋医生问也问不出什么，便换着母亲的胳膊道了声谢。宋医生摆摆手，手还没放下去，人已经转身走了。母亲似乎想问什么，到底没问。

回家的路上，顾铭和母亲相对无语。车窗外是混沌的城市之夜，巨大的立交桥在夜色中起伏翻滚，车子就在这一片交叉起伏的灰色波浪中平滑穿梭，左右铺排开来的两排路灯，黄得恍惚迷离，仿佛要在这夜色中撑起一片不知疲惫不觉孤单的幻景。

顾铭微微叹了口气，一阵困倦涌上来，他几乎就要合上眼睛。城市的夜晚和灰头土脸遍地尘沙的白天太不一样，那些无处可逃的、细碎的焦虑、尴尬、污秽，以及其他的各种不堪，全都在冰糖一般清甜的夜色里融化了。

黑白Ｔ恤

顾铭不确定老柴是真的自尊心受伤，还是借题发挥给他难堪，又或者两者兼而有之。三天后，他觉得事情其实没那么糟糕，他自己吃了老柴一吓不假，但老柴又何尝不是呢？照片上的那个女人是突破口，他要再试一试。

顾铭提早了一点时间下班，同事们知道他只要早走必定是去医院探视，他也不心虚，这本来也为了躺在病床上的老艺术家而奔忙，况且天天去探病，又能如何呢？生死线上的疲惫拉锯战让他有些麻木了，他从不曾想到自己竟然宁可面对认识不久的老柴，也不愿意踏进医院面对自己的父母。

他一路开到南城，到老柴家附近找了个地方停好车。其实他一直都想再来这里看看，上次他就是在这里无意中看到了像照片上的那个女人的背影，这次再来也许还能发现什么。

他凭着记忆，穿过横插着一棵大槐树的那条巷子，走到了老柴住的那个小院。他没往里走，只在门口略作张望。老柴应该还没有回来，他住的那间屋子关着门，门像上次一样上了锁。他不想惊动院子里的其他人，尤其是上次的那位女邻居，只探了探头，便立刻转身离开了。

顾铭又在附近溜达了差不多半个小时，看路边的卤肉店、水果摊、告示栏，看骑电动车、自行车、走路的行人。他一路看，一路辨认着方向，走回老柴住的地方，见门上的锁依旧结结实实地在那里横着，便决定不再等了。他朝停车的地方走去，打算明天再来，如果还是碰不到，便后天再来，总是能堵到老柴的，而且他也不介意多来几趟。

不知道为什么，虽然只来过两次，但这浅灰底子上弯弯绕绕似乎并无任何特征的胡同小街，竟让他多少有种似曾相识的感觉，虽然这感觉还是时有时无，难以捉摸。

顾铭出了那一片胡同，回到刚才停车的地方。他刚刚发动车子，没开多远，就看见斜前方大约二十米处的人行道上围了一小圈人，他放慢车速，有意无意地向那边看了一眼。人群围着的是一前一后两个男人，此刻正毫不在乎地在众人的围观之下慢悠悠地转过身，打算横穿马路，这两个男人穿着一黑一白的 T 恤，看上去身高年纪不同，仿佛是某种标志似的，T 恤的半袖都撸到了肩膀，他们身后两三米处的地上半跪半坐着一个中年男人，形容狼狈，应该是挨了打的。

顾铭一眼看去，觉得眼熟，再仔细一看，惊得急踩一脚刹车。还好后面的车主也在看热闹，开得很慢，见他突然刹车，不满意地按起了喇叭。顾铭此刻还没上主路，赶忙把车往边上靠了靠，停在路边，半摇下车窗，探头看过去。

车子停靠的这一侧围墙后面，正是刚才他走过的那片曲折凌乱的胡同杂院。围墙僵硬沉闷，毫不出奇，根本看不出里面弯来绕去的一片肚肠。往来穿梭于此的人自然是熟视无睹的，即便是眼前这样的事，也不能截断他们的日常生活之流。大家平静地看着热闹，偶尔低声评论几句，这些都是生活中再自然不过的，谁没看过打架呢？那两个人一看就是不好惹的，那个胖子也不知道怎么就倒霉招惹上他们了。

那两个穿着一黑一白 T 恤的男人不知为什么忽然转身回过头，朝着路边跪坐着的那个人走了过去。顾铭此刻看得清清楚楚，地上那个身材有些臃肿的中年男人，正是老柴。他穿了一件豆绿色的长袖 T 恤，深蓝色裤子，在地上滚蹭得灰突突皱巴巴的，半佝偻着后背，一条腿伸着跪坐在另一条腿上，像个不知所措的孩子。他原本半耷拉着脑袋，但看到那两个人走回来，本能地抬起头，身子向后缩去。老柴抬头的一瞬间，顾铭清楚地看见他眼底的恐惧，那是几乎带着动物性的、有些绝望的恐惧，他显然是感觉到了那两个人回来的目的，但他却在最后一瞬放弃了求生的本能。他的身体仿佛只是象征性地向后缩了缩，整个人仍旧跪坐在地上一动不动，像在迎着那气势汹汹走过来的两个人。

相见欢

走在前边的白 T 恤还没到老柴跟前，腿已经抬了起来，径直朝着老柴的胸口踢了过去，老柴像块朽掉的木桩子訇然倒地，后面那黑 T 恤随即跟上，踹死狗一样又在老柴的腰上踹了一脚，嘴里还骂道："说什么呢？告诉你啊，打你白打，给我放老实点，再嘴贱有你好看。不知好歹。你是个什么东西。就一胡同串子，癞皮狗，还敢跟我拽文的。找打呢！也不撒泡尿照照自己那德行，下三滥。告诉你啊，你给我记住了，下三滥就是下三滥，一辈子都是下三滥。再跟我这儿唧唧歪歪，见你一次打你一次。"

顾铭看着老柴像狗一样地趴在地上，后背上虚张声势的脂肪也全被打垮了，松散狼狈地摊在那里，每挨一脚，就发出一声半响不响的惨叫。他背对着顾铭，顾铭看不到他的脸。被踢了两三下之后，老柴像突然醒悟了，带着哭腔呜哩呜啦地喊着什么。顾铭有些不懂，大约就是因为他类似这样的叫喊才招来了这第二次殴打，若是怕打，就该闭嘴收声，可他偏不。在那两个人又一番拳脚的威吓之下，老柴的哭喊虽然一声弱似一声，但仔细听又还在，像在捍卫自己最后一点点不甘心的尊严和抵抗，虽然从哭喊变成了哼哼，却是不曾断绝，连几米开外车里的顾铭也听得到。

顾铭又向周围看了看，看热闹的，散了几个，又围上来几个，从他的角度看过去，零零落落的倒像一个涣散的残局，棋盘便是这面前的车道与人行道了，都是一色的颓然的灰。

顾铭抬眼看了看天，天倒是灰里透出了些蓝来。

那黑白 T 恤二人不知道是打够了，还是烦了，又骂了两句，朝老柴的方向淬了口唾沫，便转身离开了。老柴就那样半拧着身子趴在地上。围观的人三三两两地散了，他还一动不动地趴着，成了这灰色棋盘上一个彻底的弃子。也许他还在哼哼着什么，但顾铭已经听不见了。他发现老柴后背上半隆起的肉丘在微微抖动，继而蔓延到肩膀，直到整个身体都开始抖动起来。

他在哭。顾铭几乎可以断定老柴在哭。顾铭向后仰了仰身子靠在椅背上，目光仍旧注视着趴在地上的老柴，他说不清心里的感觉。老柴平日里时而凶恶，时而阴鸷，半截铁塔一般的气场，就这样哗地一下破了，零零落落一地散沙，一盘残羹冷炙，一摊破败松软的皮囊。

老柴不动，顾铭也不动，他也不知道自己究竟在等着看什么，但他知道至少要看到老柴从地上站起来，仿佛电影结束一般。他忽然想起上学的时候，自己被几个高年级学生恶作剧地绊倒在学校门口的水泥地上。那时刚响过了放学铃，他背着书包正准备走出校门，冷不防脚下一趔趄，整个身子向前扑倒。那一下摔得不轻，一阵头晕目眩之后，才觉得浑身上下好几个地方火辣辣地疼。也许是因为他摔得太重太难看，又或者是因为在学校门口这样趴着一个人太显眼，那几个始作俑者也有些害怕了，要拉他起来，可他就是不动，好

相见欢

几只手试图抓着他的胳膊把他叉起来，但他不知道为什么就是不肯。他不记得自己趴了多久，反正那几个家伙都跑掉了，他还趴着。水泥地上很凉，不过趴久了就不觉得了，疼的地方似乎越来越多，他不起来便不用面对，不用思考，在这样低的水平面上反而让他有种奇异的新鲜感。他稍稍偏了偏头，脸贴着坚硬的水泥地面，闻到混合着胶鞋、泥土和也许是草根也许是垃圾的气味，地面从他的视线磕磕绊绊地向外延伸过去，仿佛一路往上斜过去了，不远处的旗杆和教学楼更是斜得离谱，朝上斜插向天空。天好像也有点斜了，却比平时更宽更大，也更让他觉得亲近。这个斜拧着的世界暂时让他忘记了疼痛，他知道自己最终是要起来的，正因为如此，才更不想起来。

只可惜他没能等到自己那一幕电影的结局，艺术家突然出现瞬间将一切打回原形。"你趴在地上干什么？还不快起来。"本来应该是母亲来接他的，向来如此，可那天偏偏是父亲，偏偏是父亲看见了趴在地上的他。顾铭至今仍记得，自己吃力地爬起来的时候，身体灼然而生的疼痛伴随着麻木和冰凉的寒意。如今疼自然是早已经不疼了，但那麻木和冰凉的寒意，却时不时地重温到。父亲当年推着自行车在他身体斜上方的那一声断喝，像云层之上的闷雷，时间越久云层越厚，声音也越来越淡了，但当时的那一声喊，震得他半是惊骇半是懵懂，好像连他的记忆也都散了、碎了。此后发生的一切像烟消云散一般，连痕迹都没留下，而他早已懒得想，也实在想不起来了。

可是他居然在这个时候想起了这一幕。老柴趴在地上，脸贴着地面，顾铭竟然觉得自己似乎又闻到了那冰凉的混合着胶鞋、泥土、草根、垃圾的气味。他定了定神，再看过去，老柴仍旧趴在那里，只是身体已经不再颤抖了，而是在慢慢地绷紧，非常慢，看起来好像在以极大的决心把不属于他自己的身体一寸寸收回来。随后他像在证明自己收复成功了一般的，将后背拱起，同时两条腿一先一后地蜷起来，伸出手抱住双腿。就那样在地上停了一会儿，他才缓缓抬头，用手撑着地，努力克制着身体的摇晃，一点点向上站了起来。

顾铭仍然只能看到老柴的背影，在灰色又连着灰色的地平线上竖着，皱巴巴的。从前劳动课上老师带他们做手工，一翻开册页，刷地有个纸片小人儿站起来的那种，只不过他做的小人儿粘得歪歪扭扭，不知为什么胳膊腿总是站不直，伸不开，上下牵拉着，沉滞尴尬地竖在纸板上，正像眼前的老柴。

老柴在原地站了一会儿，伸出一只手护住自己的另一只胳膊，脚下开始挪腾。他转过身，顾铭下意识地往座位下面缩了缩。老柴根本没有看向他这边，其实他大概哪里也没有看。看热闹的路人基本已经散了，偶尔从他身边经过，也只是稍微顿顿瞥他几眼罢了。故事的高潮已经过去，现在只是乏善可陈的谢幕，甚至连结局都算不上。

相见欢

老柴捂了好一会儿胳膊，终于把那只手放了下去，开始一边向前走，一边上下拍打着衣服，脸上似乎也恢复了些神色。他大概是觉得衣服整理得差不多了，便抬起两只手在脸上抹蹭着，直到先前的惨淡和屈辱被他揉搓得差不多干净了，又用力挤弄了几下眉毛眼睛，似确认它们逐个就位之后稍作松弛，待觉得一切都差不多复原了，脸上也显出几分从前凛然不可侵犯的神情来。

老柴越走越近，就快要走到顾铭的车子旁边时，顾铭觉得躲无可躲，想要把头转过去。可就在他转过头去的一瞬间，眼角的余光突然瞥到一个人快步走到老柴身边。顾铭也顾不得了，连忙回头去看，是一个女人，中年女人，扎着马尾，穿着暗枣红色的衬衫。顾铭的心一阵狂跳，手用力地摁在车门把手上，只是这一瞥之间他就已经知道她是谁了。

那个穿着枣红色衬衫的女人似乎想伸手去扶老柴，却还是忍住了。她轻声说道："我听小羽一说就赶紧出来了。你没事吧？"顾铭只能看见她的侧脸，应该是四十来岁的年纪，额角上垂下来一些散乱的头发挡着，看不出容貌，只觉得脸上很是素淡。

老柴摆了摆手，"没事。小羽……跟你说什么了？"

"她说看见两个流氓，怕你吃亏，就回去叫我了。"

老柴又伸出手抹了抹脸，"嗨，就是倒霉碰上恶狗，被咬了两口，没事儿。还让你跑一趟。"

"没事就好。我今儿个刚好炖了鸡汤，一会儿炖好了让小羽给你盛一碗过去。"

他们说着话，从顾铭的车子旁边走了过去，顾铭也顾不上听他们说什么了。他再次确认了那个女人的背影，没错，一定没错。她和老柴这样熟悉，必定是邻居无疑了。难怪他知道这么多，原来就是这样窥探到的。顾铭扭过头去，直直地看着她和老柴并肩走着的背影，这居然就是神圣艺术家和老柴的交集，顾铭不由得轻轻地冷哼了一声。他没有时间去想太多，他的视线紧紧地盯着两个人，在他们大约走出二三十米之后，顾铭打开车门，跟了上去。

戏剧

顾铭回到家的时候，晚饭已经做好了。母亲和他坐下吃饭，顾铭显得有些心不在焉。艺术家崇尚食不言寝不语，母亲和他却向来随意，只是长久以来已经养成了在饭桌上低声谈话的习惯，即便艺术家不在，他们也都是轻言轻语，仿佛真的会惊扰到家里仍旧萦绕着的神圣艺术之流似的。此刻的顾铭却没什么谈话的心情，听着母亲说起父亲基本已经稳定下来，过几天要不要再去叨扰宋医生等等，他只是嗯嗯啊啊地应付着。母亲似乎也并不真的是要他给出什么意见，只是面色平静地说着，和往常一样。

顾铭抬头看了一眼跟往常一样的母亲，心里突然一紧，他想起那个穿着枣红色衬衫的女人。她比母亲瘦，个子似乎也高些。他尽量回忆，却始终没办法从那张素淡的盖了散发的侧脸上找到特别的色彩。母亲是红色的、橙色的、紫色的，亮的，暖的。顾铭一边想着，一边在心里努力地撑起一个支架，把母亲和那个女人隔开。他不能并列两个人，比较两个人，他无论如何也不想去衡量母亲。

他支开母亲，试着从艺术家的眼睛看过去，搞了一辈子笔墨丹青的、挑剔的艺术家父亲，从那个寡淡的、没有颜色的女人身上看到了什么呢？他心里略微有些失望，实际上也许从见到那个女人的一刻起，他的心里就开始弥漫起这样的失望，不是期待口袋里一整包彩色糖果却只摸出一粒花生的那种失望，而是那种沉沉地兜起了网，却发现网底破了，刷地一下空了、轻了、虚晃了一下的失望。终于见到了，但他总觉得应该是别的样子。

女人和老柴并肩走着，走得不快，却姿态轻盈，也不是轻盈，是脚下仿佛有团空气那样，带着点莫名其妙的弹性。她似乎是有意放慢了速度，迁就着刚被流氓欺负吃了亏的老柴。她说话的语气平静温和，不浓不淡，翻过来覆过去也挑不出什么纰漏，可就是让顾铭有些不舒服，仿佛三四月下雨返潮的那种濡湿粘连的感觉，还带着微微的尘土味和汗酸味。

顾铭已经知道了那个女人的住处，是离老柴住的那个小院儿很近的另一个杂院儿，倒不是紧挨着，中间还隔着两个小院落。

第二天，巴千山一大早打电话过来，问顾铭印章那事怎么样了？顾铭说他这一阵子忙，所以基本没什么进展。巴千山在电话里轻快地说："那你就过两天再去找那个姓柴的，我就不信他还敢嘴硬。"

顾铭听他似乎话里有话，有些惊讶，"怎么你去找过他了？"

"没有。不过，姓柴的那种人我见多了，不见棺材不落泪，不给他点颜色瞧瞧，根本不知道天高地厚。这种事用不着咱们，有的是办法让那小子老实点。"

顾铭心里一动，想起那穿一黑一白 T 恤的两个人来。难不成是巴千山指使的？顾铭一时间不知该怎么反应，只是本能地干笑了几声。他亲眼看到几乎是飞扬跋扈的老柴像狗一样被踹着号叫着，却从来没想过是因为自己。

顾铭不禁有些担心，不知道巴千山有没有交代清楚，那两个家伙有没有把自己说出来。他很想问，却觉得张不开口，他从来没有期望过巴千山会这样做，可是对方之所以连问也没问，就找人打了老柴，就是因为觉得和自己有着这样的默契吧。事到如今，他也不想破坏这其实并不存在的默契。巴千山是好意，再说自己也没把事情跟他说清楚，顾铭在心里叹了口气，觉得烦闷。

巴千山倒是没察觉到什么，话锋一转，说起晚上一起出去吃饭玩玩儿。不等顾铭推辞，他就说道："要是没什么要紧的事，就出来吧，有人可惦记着你呢啊。"语气里带着几分戏谑。

"你说谁啊？还有人惦记我？"

"不就上次一起见过的那姑娘嘛，在后海，你还记得吧？就那个姓赵的，叫赵盈盈。"

顾铭努力想了一下，脑子里是后海绿白条纹的遮阳伞，还有三个年轻的女孩儿，姓赵的到底是哪个，他真是想不起来了。

巴千山在电话里笑着，"看来你上次真是没少喝，没事儿，再见着自然就想起来了。怎么着？去吧？我今天刚好也没什么事，我去接你。到时候给你电话。"

顾铭实在没有去吃吃喝喝的心情，但他也不想太拂了巴千山的意。老柴和赵盈盈，接连两桩都不是如意的事，怎么偏就都默认了。他对自己有些失望，想着想着，突然一凛，他好像体察到了艺术家看他时的心情，从这样细小的失望一点一点开始，直到累积成再也回不去的一座失望的山。甚至有那么一瞬间，他仿佛灵魂出窍一般，就站在对面，用那种居高临下的漠然的神情看着面前这个垂头丧气的自己，心里升起一丝冷森森的失望。

他及时抽身回来打断了自己，从什么时候起他开始从艺术家的角度思考和感受了？难不成艺术家躺在病床上动弹不得，却仍旧有着萦绕不去的气场？上次去医院的时候，艺术家仍在睡着，薄薄的眼皮底下干枯疲惫的眼球，似乎微微动了一下，算是对他和母亲来探视的回应。但也许这只是他的幻觉而已，病床上躺着的只是一个昏睡不醒的老人，哪里来的回应，哪里来的气场？顾铭闭上眼睛，咬了咬牙，他更愿意相信这只是他庸人自扰。

晚上巴千山约在了一家云南菜馆。这家云南馆子开的时间并不长，却很火，顾铭也听说过，只是一直没机会来。他和巴千山到地方的时候，那个叫赵盈盈的女孩儿已经到了，坐在角落一处靠窗户的位子，看见他和巴千山，很热情地举起手摇了摇。

饭馆里的人的确不少，桌子却似乎太小了些。最近的饭馆总是这样赶时髦地搞成港式的调调，桌子小得恨不得连胳膊也放不住，可就是邪了门，越是这样的馆子越吃香。女孩儿很认真地低头看着菜单。这里多少带着点异域风情的装修的确是有些意思，不过并非全是云南的，看看那墙上挂的非洲木刻就知道了。

赵盈盈从菜单上抬起头，正迎上顾铭的目光。顾铭礼貌性地笑了笑，她也笑了笑，目光很是机警，却并不闪躲。"对了，顾老先生现在还好吗？"

"刚从重症室里抢救回来一次，医生说目前状态已经稳定下来了，具体情况还要进一步观察。"这是他最近几天来的标准回答，演练了数十次，已经相当熟练了。

"那就好。"赵盈盈偏了偏头，轻轻抿了抿嘴唇，顾铭却不等她再开口，就主动换了话题，"这里听说不错，你以前来过吗？"

赵盈盈摇摇头，"是巴总推荐的，他推荐的地方，应该错不了。"

巴千山在一旁闷着头看菜单，等看好了挥手叫服务员过来，干脆利索地点了菜，一边把菜单递给服务员，一边笑着说："都说别叫我巴总了，叫哥，听见了吗？叫哥。"

顾铭打趣道："人家那是尊重你，再说你这姓也不好叫嘛，巴哥巴哥的，还不如直接叫鹦鹉得了。"

赵盈盈很捧场地笑了起来。顾铭喝了口茶，古铜绿的粗瓷茶杯就着粗糙的普洱，这家饭馆到处是这样的混杂的气息，眼前的这姑娘也是。她穿着一件白色的长袖 T 恤，外面套一条棕色的背带裙，披着头发，额前挑起一绺头发束在后面，标准的学生模样。她应该是化了淡妆的，看起来倒也还算相宜，只是眼底时不时闪出审察打量的光，学生气里混了世故。

顾铭也不知道为什么，话突然多起来，"你是学编剧的吧，最近有什么好话剧？好久没看了。"说完，突然想起上次似乎也问过这个问题，不由得神色一尬，端起茶杯又喝了一口。

"哦，前两天刚看过一部《赵氏孤儿》，挺棒的。"赵盈盈的口气显得相当老道。

"《赵氏孤儿》？"巴千山接过话头，"就那个杀自己孩子换别人孩子活命的？有个叫什么屠岸贾的？"

赵盈盈笑着点点头，"对，就是那个。"

巴千山故作深沉地叹了一口气，"唉，又是一大悲剧。虎毒不食子，自己的孩子怎么下得去手？太悲催了。整这么一个悲催的故事。"

赵盈盈没说什么，只是微微笑着看了一眼顾铭，随即低头喝了口茶。

顾铭对此并没什么兴致，但此时也不好不作声，便勉强说道："这种情节也不算少见吧，古希腊悲剧里不是很多吗？"

巴千山夹起一块蘑菇放到嘴里嚼着，满不在乎地接下去说："古希腊那些悲剧里儿子杀老子、老子杀儿子、女人杀老公的是不少，可那都是为了自己啊。只有咱们中国古人，杀自己亲儿子是为了别人。真是不值当。"

巴千山看似随口一说，顾铭和赵盈盈却是一怔，他们快速对视了一下，两个人都在思索，顾铭把脑子里库存的古希腊悲剧倒腾出来想了个遍，好像还真是巴千山说的那么回事。

赵盈盈也醒悟过来，抿着嘴笑着说："巴总高见啊，上课讲到这段的时候，我们老师可从来没从这个角度说过。"

巴千山面带得意之色，"你们那是学院派，我这是社会经验主义现实派。人为了自己那点儿欲望，什么都做得出来。别说过去那时代，就是现在，骨肉相残也不算特别稀奇，可像那种为了救别人的孩子杀自己的孩子的事，我不知道那戏里写的是不是真的啊，反正我敢担保，现在这社会，不可能。排这种戏，也就是你们这些搞戏剧的，一定要整个悲剧出来，弄得特震撼。现在这和平年代，人和人，真的白刀子进红刀子出，你死我活的能有几个？大多数时候都是互相消磨，钝刀子割肉，还有那个什么，温水煮青蛙。当然这些个，也不好在舞台上表现嘛。"

他说到这里，咂了一下嘴，似乎觉得之前批判得有些多了，换了一副口吻，"哎，我这都是瞎说啊，班门弄斧。盈盈姑娘是专家，专家来点评一下吧。"

顾铭向来知道，巴千山有人脉有手段，这些都是自己不及的，却并不觉得他比自己强多少，当下听他随口就说出这么一番话来，不由得对他有几分刮目相看。他还没来得及想太多，便听见对面的赵盈盈开口说道："我哪里算什么专家，巴总拿我开涮吧。倒是巴总才当得起专家呢。我今天真是听君一席话，胜读十年书啊。要不今天我请客吧，一顿饭顶了十年的学费，也是大大地赚到了。"

巴千山赶忙说："你这是骂我们呢啊，哪儿能让女孩子请客呀。"

赵盈盈又吃吃地笑起来，眼角皱起细细的纹路，她将了将搭在肩头的头发，眼睛随即扫向顾铭，"刚听巴总上了一课，受益匪浅，顾大编辑呢？有什么高见？"

相见欢

顾铭微微一愣，仓促之间，只在脑子里随便抓了个话头，"我对戏剧没什么研究，从前读书的时候倒是也看过《茶馆》《雷雨》之类的，《赵氏孤儿》这样的还真没有看过。我觉着这戏跟生活也许是两回事，戏剧那是在舞台上的，事儿、人和台词，都是按照舞台打了格子，方方正正地裁出来的，就算故意不方正，那也是提前裁好的。这样才能一遍一遍地演。能重复的东西，就算本身没有那么大的价值，重复的次数多了，也就有人看了，本来没太大意思，慢慢也能琢磨出意思。"

顾铭说到这里，脑子里突然闪出艺术家拿着画笔，微微弓着身子俯在那张画案前的样子，心里猛地像被人扎了一下。他突然忘了自己说到了哪里，也不知道自己都说了些什么。

赵盈盈很认真地听着，过了几秒钟才开口："我是这样理解的，现实的人和生活都太复杂，根本没办法表现完整，所以还不如干脆做点减法，也只有做了减法才能搬上舞台。是这意思吗？"

没等顾铭反应，巴千山就打断道："哎，咱们这可都快成了学术研讨会了哈。不带这样的。你们有兴趣探讨学问，改天约出去自己谈，今天哥哥我在，咱们聊点生活话题，啊，生活。不是说艺术源于生活嘛，再怎么高大上，也总不能脱离源头嘛。"

赵盈盈抿了抿嘴，随即豪爽地侧了侧脖子，甩了一下头发，"好，巴总说了算。其实这哪算得上讨论，就是我单方面学习。谁叫两位水平高呢！我这不逮着机会求教嘛。这种机会可不是天天有的。"说着，她举起手里的茶杯，笑嘻嘻地说，"来，我以茶代酒，敬两位。这一顿饭吃完，我觉得我都不用回学校去了，加起来二十年，我可以直接去拿个博士学位了。"

顾铭颇惊讶于这姑娘的老道，虽说仍旧生涩，但唯其如此，才更有种几乎是所向披靡的力量。她身上的那种无所畏惧和一往无前的劲头，让他觉得有些无法招架。他不太明白她哪里来的自信，这种自信，就像白铁皮桶里盛了满满的清水，咣当一声砸在地上，带着森森的清凉，一览无余却生气十足。

回去的路上，巴千山似乎不经意地问了一句："怎么样？这姑娘不错吧？"顾铭竟然心不在焉地嗯了一声，等回过神来，已经来不及了。巴千山什么也没说，但脸上是洞悉一切的表情。顾铭想解释，但他知道大概没什么用了，只会越描越黑。他在心里深深叹了口气，就当是对母亲的义务吧。

小院

隔了一天，顾铭终于到了那个女人住的地方。他站在院子门口狭窄的巷道处，深吸了两口气，甚至还下意识地整理了一下衣服，捋了捋头发，才向里面走去。

大约因为还没到下班时间，小院里很安静，看起来应该住了三四户人家，院里摆着缸坛、花盆、煤气罐各种杂物。最靠里边那一户门前架起的灶台上正开着火，一圈细小的蓝色火苗看起来快要灭了，仍顽强地一跳一跳地烧着，上面一个半旧的砂锅，砂锅盖微微开了点缝，嘶嘶吐着水气。顾铭停下脚步，屏住呼吸，甚至听得见轻微的咕嘟咕嘟的声音在这静谧的小院里细浪一样一层一层地漾起又退去。在这么寻常的一个院落，砂锅里的汤慢火炖着，时间静静地流，又似乎是停住了，凌乱恬静得理所当然。

顾铭有些恍惚，眼前的场景让他的不真实感变得越发强烈，这含混在现实世界与隐秘的舞台布景之间的一切显得有些可疑。这样不期而遇的祥和的日常生活，似乎是想要掩盖什么，或者就是一个骗局。这里有艺术家的踪迹，也一定有老柴留下来的痕迹，还不知道有多少鱼龙混杂的其他什么人的气味、颜色和印迹。

顾铭这样想着，就觉得小院里的空气也混浊起来。他闭上眼睛，定了定神，砂锅里的味道细细地钻进他的鼻子里，好像肉的味道，又似乎掺着别的奇怪的香料。这样他心里倒觉得正常了，凡是和那女人有关的一切，都是普通日常，却又带着一点奇怪的偏离。

他猜得果然没错，从炖砂锅的那一家门里出现的正是那个女人。顾铭走到煤气灶前的时候，她刚好掀开竹帘子。看见顾铭，她先是一愣，随后便迈步走出来，竹帘子在她身后啪地一声拍到门框上，女人神色恢复如常，开口问道："你找谁啊？"

近距离听她的声音，感觉和上一次不同，好像有一阵烟从她的嗓子里冒出来似的，略微有些干枯，虚虚实实之间，带着些拗折。他应声答道："哦，我姓顾。"

女人瘦削的鼻翼微微动了动，脸上随即浅浅地浮起一丝笑容，"嗯，我知道你，你是顾铭吧？"

她从门口的台阶上走下来，走到煤气灶前，顾铭赶紧让开。她居然知道自己。艺术家是怎么跟她说的呢？我那个不成器的儿子？就像其他父亲常会抱怨的那样？不，不会，艺术家永远不会像其他父亲一样，哪怕只是一句抱怨也绝不会雷同。看她那样子，也许是第一眼就认出了自己。知己知彼，百战不殆嘛。他这样辛苦才探到这里，可母亲和他，早已经是目标了吧。

想到母亲，顾铭咬了咬牙。女人此刻正站在砂锅前面，背对着他。她穿了一件墨绿色的绸制衬衫，头发仍松松地束在脑后，看起来不像细心梳理过的，而且还夹杂着些许白发。她似乎在查看砂锅里的汤，却并不见动作，顿了一两秒钟，才伸手把煤气阀门关上，又停顿了一两秒，抬起左手，把一缕碎发拢在耳后，随即转过身来，对着顾铭说："我也想过你可能会找来。顾老师，好吗？"

顾老师。顾铭有些没想到，那张照片突然又闪出来，艺术家的手放在女人的后背上，他不由得心里升起一阵厌恶，不知怎地，竟然还有些轻微的眩晕。他努力跳过这些，让自己镇定下来。眼前的女人神态自若，说起父亲也并未见任何担忧之色。父亲已经病了一个多月了，难道她不知道？

顾铭没有正面回答，只是试探着答道："我父亲，现在在医院里。"

女人表情不变，点点头，"嗯，我知道。"

她幽幽地叹了口气，接着说道："前一阵子他说过头晕，站不稳，腿发麻。他还说这些都是中风的先兆。"她抬起眼睛看了顾铭一眼，又低下眼皮，"没想到这么快就来了。"

顾铭只觉得血一阵阵往上涌，两臂间和后背似乎打起了寒战。他以为那只是个不可控的偶发事件，艺术家站在小板凳上去够书架上的东西，然后訇的一声倒塌。他从没觉得这个不可控的偶发事件和自己有任何关联，或者自己需要负上任何责任。他以为是突如其来的命运同时砸向了艺术家和他，原来根本不是，只是年迈的日渐衰弱的父亲以这样的方式，谴责他这个不闻不问不称职的儿子，而命运，只是站在原地嘲笑他而已。顾铭用手抹了抹有些发麻的鼻子，用力吸了一口气。

女人在原地看着他，没有说话。

"他还说过什么？我是说，关于他的病。"顾铭强自镇定下来，继续问道。

"也没什么了。以前请中医看过，也开了些汤药，不过吃了几副他就不肯再吃了。"

女人很有分寸地笑了笑，似乎带着点歉意，尽管如此，顾铭还是感觉到自己熟悉的世界正在眼前轰塌，大片的颜色呼啦呼啦地往下掉。父亲向来是崇尚西药，不信中医的，居然跑去看了中医，还吃了几副中药。这些是连母亲都不知道的。他以为艺术家厌弃鄙夷的只是他而已，可现在看来，他不只有另外一个女人，甚至还有另外一个人生。

顾铭觉得头顶发麻，强烈的不真实感再次涌来，仿佛突然间一道光打下来，才发现自己一脚踏错了方向，虽上了舞台，却不知道脚本台词。茫然无措，仍必须强撑，不能乱了阵脚，也不能败下阵来，他尽力搜罗调遣身体里被打散在各处的理智和直觉，努力把控着方向。

"这么说，他发病进医院，你都知道喽？"

"我不知道。他，顾老师他有一段时间没有消息了，我只是猜测他大概是……"女人停顿了一下，又继续说道，"我也打听过了，但是……我不方便去，而且我也不想给你们添麻烦。"

顾铭仔细地打量着眼前的这个女人。她的脸从正面看比侧面显得要大一些，尤其下颌角，微微向两边撑起，有种不协调却并不出格的峥嵘之感。脸上很素净，没有妆，脸色也有些暗，五官没有什么突出的开合，却也不是简单的可以用好看或不好看来形容的类型。她的眼睛比一般人的要略长一些，眼角有细纹，眼下有阴影，稍稍一笑嘴边就显出几条括号似的纹路，看起来疏于保养。虽然她说话时并不直视顾铭，言语之间也约略带着一丝歉意，但眼底的光似乎很坚定，即便是面对如此突然的造访，也丝毫看不出尴尬、慌乱或畏惧。

"你打算怎么办？我是说，我父亲的病很重……"

顾铭原先准备好的腹稿是，"我父亲这一场病来得很突然，很多事情都还没有来得及安排。你要是有什么要求可以提出来，我们会尽量满足，毕竟你也陪伴过我父亲一段时间，也算是我们替他尽一份责任。"

可是，这些话他如今完全说不出口。父亲既然已经知道自己会有中风昏迷不醒的可能，说不准已经对自己的身后事有了安排，而眼前的这个女人，他本以为可以而且也理应俯视的这个第三者，很有可能比自己和母亲都更清楚这样的安排。

女人听了他这话，微微低了低头，随即抬起眼睛来看着顾铭。

"我没打算怎么办。我从前怎样，以后也还是怎样。你父亲和我……"

她话音未落，只听见外面传来一阵脚步声，一个穿着一身运动服、中学生模样的女孩子一阵风般快步走了进来，她走到院子中央一抬头看见顾铭，怔了一下，随即扬声问道："妈，这谁啊？"

女人看到她进来，连忙说："没谁，你快点进去吃饭，吃完了饭抓紧时间把上次老师布置你的曲子再练练，今天还要回课呢。"

女孩儿一边走，一边回头瞥了顾铭一眼，她绑着女学生常见的马尾，眼神清亮，脸上却带着一种直愣愣的气愤和茫然，顾铭心里一沉。女儿。他觉得自己在向下沉，再向下沉。他们有了孩子么？她难道是？

女孩儿挑起竹帘子进了屋，啪嗒一声，竹帘子也气愤愤地摔在门框上。顾铭用手抹了一下鼻子，似乎有点呼吸困难。

"不好意思啊，孩子回来了。要不……"

"啊，没有，没事，我……"顾铭听见自己慌乱地应答着。

"这样吧，我留你一个电话吧。回头我给你打过去。你等我一下啊。"

女人说完转身进了屋，又是竹帘子拍打在门框上的响声，这响声似乎一次比一次大，一次比一次准确而强烈地撞击着他的神经。

女人很快出来了，手里拿着一个小本子和一支笔。她径直走到顾铭面前，比刚才还要近一些，顾铭甚至可以感受到她的呼吸和周围空气温度的轻微变化。他不自觉地向后退了半步，报出自己的号码，又确认了一次。

女人很认真地把号码记在本子上，笔沙沙地响着，只是几个数字，她却好像写了好久，写完，脸上又浮起歉意的表情，声音轻柔，半是敷衍半是抚慰，"不好意思啊，我再跟你联系。"

顾铭终于走出了小院。女人甚至送了他几步才转身回去。顾铭顺着路只管走，越走越觉得脚下有些发软，像踩在棉花上一样有些不知高低轻重。全军覆没，他觉得自己全军覆没。走了好远，才感觉到身体一点点慢慢地回来了。

他开始觉得愤怒，为之前自己一直缺席的愤怒而感到格外愤怒。他很想一拳打出去，把什么东西打得稀巴烂，最好是那种硬可是又不会太硬的，可以让自己感觉到疼痛，感觉到存在，但同时也能感觉到摧毁、折断和伤害的，就像人的鼻梁骨，对，就是鼻梁骨。他攥紧拳头，感受着拳头上突起的骨节猛地撞击在软硬适中的鼻梁上，然后砰的一声迸出漫画里的黑色光芒，要狠狠地打上去，打出声音，打出颜色，打得那个自以为是的鼻梁骨节迸裂，骨肉分离……

顾铭收住脚步，给脑子里幻想的鼻梁配上一张脸。不是那个女人，她的鼻翼瘦削且抖动着，也不是老柴，他的鼻梁像飞机上的应急充气滑梯软塌着一溜到底。他下意识地伸手摸了摸自己的鼻子。他终于想到了，那个他不止一次看到的画面，就在家里最大最舒服的那个南间里，艺术家俯着身子，充沛的阳光从窗户洒进来，给他的侧影涂上金色的神圣光芒，从他的头发、额头到高高挺起的鼻子，微微抿起的嘴唇。鼻子，对，就是那个鼻子，高傲、硬挺的没有能通过基因传到他脸上去的鼻子。他终于为自己的愤怒找到了出口。他幻想着自己狠狠地一拳打上去，再一拳打上去，在阳光的剪影里把那个镀了金的鼻梁骨打个粉碎，把那一整幅完满的、做作的神圣布景捣烂砸碎，让它再也不能复原，让它碎裂到没有任何规律和痕迹可循，任凭怎样再也无法复原。

小乔

之后的两天，顾铭一直在等电话。他心里觉得女人不会打来，向他要电话只是敷衍一下罢了，这样的女人，自然是很会敷衍的。但他还是不由自主地等着。

电话终于来了，却是父亲从前的学生小乔。小乔毕业回到南方老家后，他们再也没有见过。虽然小乔逢年过节常给艺术家打电话，赶上顾铭接电话的时候也会聊几句，但也仅限于此。顾铭不知道小乔是怎么知道他的手机号的，接到他的电话，颇感意外。

小乔在电话里说自己来北京出差，顺便想看看老师，却惊闻他病了。他简单地询问了艺术家的病情后，问顾铭有没有时间出来见个面？

顾铭本没心思见人，这个节骨眼上小乔的意外出现，却让他紧绷的神经稍稍松了一些。从小到大，他同学、玩伴一直有，也有个别谈得来，玩得好的，但都是聚在一起玩玩，散了就散了，并没什么牵扯，只有小乔，亦兄亦友，让他不自觉地亲近，甚至有些依赖。

不过小乔走的时候，他还没有意识到自己对他的这种情谊。那天小乔来家里向艺术家辞行，顺带送了他一支钢笔和一本看上去极其精致的橙黄色软皮笔记本。小乔坐在他房间窗边的写字台上，他坐在床上，这间屋子朝东，当时正是下午，屋子里光线有些暗淡，小乔背光坐着，脸上有些模糊的茸茸的阴影，操着南方口音的普通话对他说："其实你是蛮有慧根的。"

小乔这句话说得毫无征兆，明明之前还是一副笑嘻嘻的口吻说："小顾铭啊，你有空到我们那里去玩啊，我带你去吃茶听戏。"连个起承转合也没有，突然冒出这么一句来。顾铭完全没有准备，被小乔说得莫名其妙，他那个时候也并不太明白什么叫"有慧根"。

小乔鼻孔里轻轻出了口气，是停顿也像要化解什么，"你平时多看看书，顾老师会觉得很高兴的。"要是别人这么说，他即便不能回个白眼过去，也一定在心里鄙薄一番，可偏偏小乔说得极其自然，他并没在意。他只觉得小乔走了，少了个陪他解闷的人。可是时间一晃十几年，他这样一想，才发觉这么久以来，再没有一个可以陪他解闷的人。

约好了见面的时间、地点，他放下手机，小乔临走时说的那句话又浮上心头。顾铭在心里沉吟了一阵，依旧不明白小乔所指的是什么。他忽然起了一个念头，翻箱倒柜地找当年小乔送他的那个笔记本。找了半天，终于在床底下的一个箱子里翻了出来。笔记本的封皮比他记忆中的颜色要浅一些，过了这么久，皮面摸起来依旧非常柔软。他打开笔记本，不知道里面的纸是泛黄了，还是原本就是这样的颜色。

小乔送他的钢笔，他倒是很快就开始用了，有一天突然坏了，开始漏水，他就扔掉了。可是这个笔记本仍是崭新的，他一个字都没有写过。他百无聊赖地翻着，一页一页的空白，不知道该说是新还是旧，他就这么翻着翻着，突然觉得自己这些年真是虚度了光阴。

小乔中午有应酬，所以他们约了下午在一间茶馆碰面。茶馆里的人不多，幽幽静静的，正适合聊天。顾铭早早到了，坐在一个里边靠窗的位置等，不多久就见一个人走了进来，正是小乔。从前他总是跟着艺术家叫他小乔，如今再见，却喊不出口，但突然改口又不知道该叫什么，索性省了称呼，只是热情地招呼着。

小乔完全没有显得生分，他拍着顾铭的肩膀，口气仍像从前一样，"哎呀，顾铭，真是长大了，也长高了，我都快认不出来了。"

小乔大了顾铭差不多一轮，现在已经四十出头的年纪，身材倒是看不出中年发福的迹象，不过的确有些不同了，五官好像略微浮肿似的，又好像不是，那感觉就像一幅工笔人物画洇了墨，硬是成了写意的意思。小乔原本也说不上多么俊秀，但年轻时唇红齿白一张脸很是生动，现在看起来只能勉强与生动搭上，只是底色似乎不同了，柔白的宣纸变成了油画布。

顾铭心里想着那个皮面的笔记本，这一天一天的日子难道真的就像那一页一页的纸笺么？十年是这样，五十年大概也还是这样，无论怎样的长度，最终不过剩下些无意义的空白。

小乔在一所美院当老师，说起话来也有了些老师的架势。顾铭向来不善于和老师打交道，好在从小到大老师也是不怎么为难他的，尤其是他上了中学以后，艺术家声名在外，老师们即便不上门应酬，对他也大多很客气。他基本上没吃过来自老师的苦头，却仍旧对大部分老师带着天生的敌意，他们是艺术家延伸的眼耳鼻舌身，监视或者鄙视着功课平平的他。唯一的例外是中学时的一位物理老师，姓杨，瘦高个，瘦长脸，脸上时常挂着嘲讽的笑容。不过现在不是想这些的时候，杨老师的瘦长脸消失了，眼前是小乔，笑着，露出洁白整齐的牙齿。

小乔还是先问了艺术家的病情，顾铭又回答了一遍。小乔说："本来想去医院看看的，不过听说重症室一般不让人进去，去的话要弄不少手续，太麻烦了。"顾铭摆摆手，告诉小乔不必了，老爷子时而清醒时而糊涂，即便清醒也说不了什么话，等以后病情彻底稳定了，会帮他转达问候的。小乔便点点头，不再聊这个话题。

他们又聊了很多，小乔很会聊天，绝不会空出尴尬的留白。顾铭跟他谈天说地，有那么几个短暂的瞬间觉得好像回到了从前。当然从前也未必就是开心的，但是这样被错觉包裹的回忆却让他觉得很安全，就像被包在安全气囊里一样，隔离了可能的伤害、郁闷和压抑，剩下的都是他想要的，不需要什么理由的信任和温情。

他们聊起从前一起看戏的种种，小乔说他现在有时间还是会听戏看戏，但比起从前少了很多。从前那种痴迷的劲头是年轻才有的，如今人到中年，感觉自己像穿着鞋在海滩上走，想要的明明在海里，拼命地想下海，心里却又惦记着岸上，结果白白湿了鞋湿了脚，没有一步走得舒服，却还是不舍得、不甘心，一定要在海边溜达。

"不过我也不能抱怨啊，"小乔端起茶杯，呷了一口，"我毕竟还是在海边呢，就算下不了海，也能看见海景，已经比上不足比下有余了，你说是不是？"

顾铭琢磨着小乔话里的意思。小乔向来说话风趣，不但喜欢打比方，且打的比方像长了轮子似的，自动向前滚啊滚的，也不管他能不能理解，能不能跟得上，但顾铭偏偏喜欢，这样的不迁就既是亲近，也是信任。忽然间他觉得小乔是懂他的，远比父亲更懂他。

他又想起小乔当年在他的房间里说的那句令他费解的话，"其实你是有慧根的"，还有后面莫名其妙补的那一句，"你平时多看看书，顾老师会觉得很高兴的"，现在想来这句话也许别有深意，虽时隔已久，但那一幕他仍然记得。

他回忆起小乔当时说这话的表情，突然一个闪念，仿佛一道电流穿过后背，从最后一节脊椎骨盘旋直上，一路冲到他的后颅骨——难道，难道小乔知道些什么？那时他就已经知道些什么了？他被这个念头震得有些恍惚，强打精神应付着小乔的谈笑，但那个念头始终萦绕在脑海里。

他缓缓拿起茶杯，喝了口茶，放下茶杯，看着小乔。小乔正颇有兴致地说着自己如何跟一个叛逆的学生斗智斗勇，见顾铭面色有些凝重，便住了口问道："哎，你怎么这个表情，怎么了？有什么事吗？"

顾铭单刀直入，"乔哥，你还记得你毕业的时候来过我家那次吗？"

"记得啊，怎么了？"

"你记不记得你在我的房间里跟我说过的话？你说，要我多看书，说顾老师会高兴的。"

"哦，我说过吗？"小乔显然有些意外，但还是一副轻松的口吻，打着哈哈，"你还记得这么清楚啊。那我肯定是说过喽。怎么了？你怎么……突然这么严肃？搞得我好紧张啊。"

　　小乔面不改色地看着他，过了几秒钟，仍旧面不改色。他很熟悉小乔，小乔当年说那些话时的样子绝不是在开玩笑，而现在这样刻意的镇定也绝不是寻常不以为意的表情。想到这里，顾铭不再犹疑。"那你一定也还记得自己为什么说这句话吧？你是知道我跟我爸的，他对你比对我好。"他停顿了一下，接着说下去，"那时候你是不是有事瞒着我？觉得我小，所以不告诉我。又或者，不能告诉我。"说完，他便定定地看着小乔，等着，他不信自己这样一块石头扔下去，会没有水花。

　　果然，小乔左边颧骨下面的肌肉轻微地颤抖了一下，但随即被一个及时的笑荡平了，"哎呦顾铭，你说什么呐，我哪有什么事情不能告诉你的呀？"

　　顾铭紧追不放，"是关于我爸的事情。那件事……你早就知道了，是不是？"他热切地望着对面的小乔，这是他和任何人都不能说的要烂到肚子里的事，没想到竟然无意间撞到了一个出口。这么久以来，他好像在水底一直屏着呼吸，憋得气闷难受，而现在，终于可以换一口气了。他觉得自己连呼吸都有些沉重起来，一只手不由自主地按在桌子上，一字一顿慢慢地说道："乔哥，我已经不是孩子了。你不必替他隐瞒，"他微微缓了缓，"再说，有些事，瞒也瞒不住。"

小乔有些惊异地看着他，眼睛也瞪大了，表情里有惊讶，有迟疑，还有一丝困惑，过了片刻，他才说道："好吧。我——的确是知道一点。"

这便确凿无疑了。顾铭只觉得身体有些发空，不由自主地用力扶住桌子，以保持平衡。他不是毫无准备，但听到小乔的确认，身体里某个地方还是不可遏制地开始翻腾起来，像海水深处的涌动翻滚，各种念头不可控地从四面八方袭来。

小乔跟着父亲读研究生，那是十几年前的事了，若是小乔那时就知情，那么那个女人已经跟父亲纠缠十几年了。母亲和那个女人平分着一个丈夫十几年却完全不知情。还有那个女孩儿，看年纪也就十五六岁，难不成也在跟他平分一个父亲？

不过说什么平分？自己最多也就只分了人前的名分而已，离一半还差得远。难怪呢，他的基因派发者不满意自己制造出的残次品，要再找机会重新复制派发一次。顾铭这样想着，不由得有些发颤，他强自镇定着，不想就这样结束跟小乔的对话，刚刚才向小乔宣布他已经不是孩子了，他得撑住。这样的事，这样的对话，的确是耻辱，但无论如何，都不是他的耻辱。

他抬头，勉强笑了笑，"乔哥，你都知道什么，可以告诉我吗？"

小乔却轻轻摇了摇头，"对不起，顾铭，这……是顾老师的私事，俗话说，一日为师，终身为父。我不是不理解你的心情，但是我真的不方便说什么。"

小乔语气坚定，顾铭却不想就此放弃。他想继续追问，却听见小乔接着说："顾铭啊，不论事情到底怎样，我相信你一定能处理好。但不管怎么处理，都要考虑到老师的声望，还有……还有师母，她向来是爱体面的。你说呢？"

顾铭听他言辞恳切，倒不像一味说教，便点了点头，可是毕竟不甘心。艺术家这一场风流外遇，如果真是那么早就开始了，他也不确定自己还要不要回护他的所谓的体面。顾铭脑海中突然升起一个想法，有没有可能艺术家的出轨对象不止一人呢？有一就能有二，他必须要确认才行。

想到这里，他不禁急切地问道："乔哥，我明白，我不为难你。我只问你一个问题，就一个。你知不知道地方？我是说，地址，你知道具体的地址吗？大概的也行。"

小乔终于还是说了。"南城，大杂院。"顾铭觉得心口处好像血在朝哪里聚拢，他不知道自己是该庆幸艺术家的专一，还是愤恨这无耻的牢固。他努力地克制着自己的情绪，努力向下压，直压得他有些气闷，他听到自己的呼吸声都重了起来。小乔惜字如金，他知道即便再问也问不出什么，何况他已经得到想要的答案了，既然再刨根问底也是徒劳，索性作罢。

然而谈话却不能停止在这个关节上，顾铭强打精神，陪着小乔东拉西扯，又闲谈了一小会儿。小乔说有事得走了，顾铭和他一起出去，替他叫了辆车。临上车前，小乔拍了拍他的肩膀，"下次不知道什么时候才能再见了，师母那里你帮我带个好。有空去我那里玩儿，还是那句话，我请你听戏、喝茶。"

顾铭从茶馆出来时看了看表，已经四点多了。他没有开车，也不想坐车。抬头辨了辨方向，便顺着来时的路走了下去。小乔的话又在耳边响起来，"要考虑到老师的声望"。他咬了咬牙，"老师的声望"！他脚步稍稍顿了顿，深吸了一口气，脑子仍旧很乱。

这一带颇为繁华，路不算宽阔，两边各色店铺挨挨挤挤。顾铭正走着，前边一间西点铺子的玻璃门突然开了，出来一对小情侣，一边说着话，一边旁若无人地搂搂抱抱，又嬉笑着互相推搡，差一点撞上了迎面走过来的一个中年妇人。年轻女孩儿连忙道了歉，那妇人还是厌恶地皱了皱眉，"看着点儿！"她嫌恶地快步从情侣身边走过，已经出了几步远，嘴里却还嘟囔着，"路也不是你们家开的，都什么素质，真是的。"

顾铭冷眼看着，是了，大概才是生活最真实的常态。人们的喜怒哀乐原本是不相干的，你高兴，别人厌烦，谁也替不了谁的痛苦和绝望。德高望重的艺术家倒在病床上，浑身插满了管子，醒来的片刻是怎样的心境，那些送鲜花果篮的

相见欢

门生故旧不会知道，他这个儿子不知道，他相信每天都去探病的母亲也不知道，而他这样举步维艰地挣扎在耻辱尴尬的困境里，又有谁能真的理解呢？

"我不是不理解你的心情"，小乔说这话的时候，表情严肃诚恳，可他也只是说说而已，能理解什么呢？顾铭曾经以为小乔是懂自己的，可是，现在看来，当年他和自己交往亲近，很有可能只是出于同情或者怜悯罢了，同情怜悯他这个资质平庸的、被父亲从身体上和精神上遗弃的孩子。

他想起从前和小乔看戏，小乔看到精彩处会手足并起，随即又两只胳膊撑起在座位上，脖子向前伸，一动不动，甚至连眼睛都不眨一下。有时候也会在听了两句之后，转过头来对他说："就这里就这里，最出彩的来了。"小乔听什么，他也一样听什么。小乔喜欢听老生，也能唱上两段，他也听老生，不过小乔喜欢言派，他却喜欢余派多些，他们甚至还为此小小地争论过。他从前最喜欢的有几段，现在大多想不起来了，不，好像还有那么一点印象，记忆自然而然地开了道缝，断断续续地流了出来。

"大雪飘，扑人面，朔风阵阵透骨寒。……望家乡，去路远……音书断……"

水浒故事里他最喜欢林冲，这一段他当年不知听过多少遍。大雪翻飞，天地同色，像他从前看过的小人书里画的，林教头风雪山神庙，远处很小的一个身影，头戴范阳笠，斜刺里一杆顾长的挑着酒葫芦的花枪。朔风阵阵透骨寒，那是多么冷的冬天啊。他走着想着，好像也感受到了那冷，像林冲一般，从身体里、骨头里开始冷起来。

他下意识地抬起头来看四周，其实还没到秋天，可路边的悬铃木叶子已经开始泛黄了。顾铭记得这树的名字很特别，虽然字面意思不能说不贴切，但几个字这样组合起来，总让他有种异样的感觉。也许就是这个悬字。他小时候统共没练过几天字，可说也奇怪，这个悬字就好像无处不在一样。悬腕，悬肘，悬针竖。艺术家要他悬腕，他听不懂，艺术家示范给他看，他写着写着胳膊又落下，"悬腕，悬腕，听见没有，胳膊抬起来。"他趴在桌子上写作业，艺术家呵斥着，"坐直了。说过多少遍了。古人头悬梁，锥刺股，你倒好，搭着个睡觉的架子，那是做作业吗？"在那个狭窄逼仄的小院里，他也这样喝斥过那个小女孩儿么？

"望家乡，去路远……音书断，关山阻隔两心悬——"

竟然也有个悬字，他不禁苦笑一声。这林冲真是冤，好端端的八十万禁军教头，人生原本一马平川，可偏偏祸从天降，从此天崩地坼，万劫不复。

"讲什么……把星河挽，空怀雪刃未除奸，叹英雄生死离别遭危难——"

大锣鼓声又斩钉截铁地响起，砰——"还是那句话，我请你看戏喝茶。"这话也倏忽跟着京剧念白的腔调飘飞起来，

相见欢

伴随着那锣鼓声，像在宣告着某种结束。经此一事，小乔和他曾经的友谊大概也走到了尽头。想到这里，他不由得叹了口气，而此时脚下的路也适时地断了，要么向左，要么向右，得选一条了。

垃圾台

当天晚上，顾铭接到了女人的电话，约他第二天下午三点半见面。她在电话里说她的住处附近有一个麦当劳，"不好意思啊，因为要给孩子做饭，所以只能就近，麻烦你跑一趟了。"

女人的声音听起来有点累，不过也许只是她干涸的嗓音容易引起的错觉罢了。她的口气除了有一点歉意，似乎很坦然，听不出犹疑或胆怯，倒是顾铭仓促之下稍显狼狈。要给孩子做饭，她好像完全意识不到应与陌生人保持距离。要给孩子做饭，顾铭又想起小院里那嘶嘶吐着气的砂锅，蓝色的小火苗。

顾铭特意请了假，三点十分就到了南城的那一片胡同区。他在街边停好了车，走了下去。先前他就是从这里拐进一条细窄的胡同，绕来绕去，先后找到了老柴的院子和那个女人的院子。他隐约记得以前开车经过时在附近看到过一个麦当劳，但是在这条街上没有见到，于是决定从一条比较宽的胡同穿过去，到另一条街去探个究竟。

他穿行在胡同里，像进了这城市的肚肠，零零碎碎黏黏乎乎的。左手边有零星的几个小摊，卖些水果、青菜、花盆、瓦罐之类的，卖家看起来心不在焉敷衍了事，顾客也蜻蜓点水，很少有人停留。右手边是一些店铺，在灰墙上一色地开着暗淡的玻璃门，玻璃门的样式、门把手的样式，还有门窗上字体的颜色，几乎都一样，仿佛事先商量好了似的，谁也不肯比谁精神些，但谁也不比谁懈怠。玻璃门里也总坐着几个人，卤煮店里三四个，饺子馆里三四个，也像商量好了似的。在这片灰色的世界里，到处是这样的默契。

再拐个弯，就看见了垃圾台，这里倒是少见的五颜六色，形状各异，仿佛各家各户把刻意裁剪、摒弃掉的不合时宜的过度兴奋或者阴郁都倾泻到了这里，只是太多了，多到超出了这灰色世界所能承受的边界，于是便流淌溅洒出来，味道也是泼天的激越鲁莽，但走过的路人视而不见，鼻子也没皱一下，这花花绿绿琳琅满目的一块仿佛是没有围墙的隐形禁地，除了倾倒的时候，它便隐了身，不存在。

顾铭下意识地屏住呼吸，可那味道还是冲撞着。他的鼻子向来是不算灵的，又或者是艺术家的鼻子太灵了，总是将他对比得无地自容。"这是什么味道？"艺术家皱着眉侧着脸嫌恶地说，顾铭故作镇定地从椅子上站起来，茫然看着从房间门口经过却突然斜进来的艺术家，艺术家目光如炬，自上而下地扫射着房间里早已自惭形秽的灰垢、凌乱和不堪。"哼。"一番扫射之后艺术家悻悻而去，他甚至不屑于仔细搜查，电视剧里蒙受不白之冤却问心无愧的情节在顾铭这里从来不适用，这只不过是艺术家展示自己耳聪目明、鼻腔神经末梢发达的又一个机会罢了，根本就不关他什么事。

那么这里呢？十几年进进出出，总有那么几次经过这个颜色翻了盘、味道泼了天的垃圾台吧，连他都觉得呛鼻，艺术家那像狗一样灵敏纤细的嗅觉会觉得如何呢？难不成一手扶着女人，一手提着菜筐，像老柴一样，筐里插几根大葱，也做了这灰色世界里默契的一份子？抑或是这嗅觉也有大音希声大象无形的辩证效果？还是在这桀骜不驯的色彩当中寻到了什么灵感，以至于十几年来盘桓流连，不离不弃？

顾铭胡乱想着，不由得一阵怒气从心底升起。气味冲撞得更加激烈了，他赶忙伸手捂住鼻子，脚下尽量绕着走，就在快要走过去的时候，迎面一辆电动车横冲过来，逼得他不得不向里闪避，他不甘心就这样朝垃圾台靠过去，可电动车呼地一声掠过，他一瞬间失去了平衡，脚下一个趔趄，身体竟向那垃圾台歪了过去。所幸他努力稳住了没摔倒，但皮鞋已经妥妥地踩进从垃圾台上漫溢而出的垃圾污水里了，甚至还有几只苍蝇撞到了他脸上，嗡嗡地响，那刺鼻的味道也终于长驱直入，直冲他的鼻腔肺腑，满满的都是。

顾铭仓皇逃窜，他走出去好远，才在一个拐角处停住脚，一手扶着墙，一手拿着餐巾纸擦鞋，鞋是擦不干净了，干脆回家以后扔掉算了。他心烦意乱地又拐了几道弯，终于走出了胡同。斜对面不远处一个红底明黄的 M 招牌，正是麦当劳。他又检查了一遍皮鞋上的污渍，似乎看不出什么了。他吁了一口气，整了整衣襟，朝着麦当劳走了过去。

顾铭比约定的时间早到了几分钟。他坐在角落里的一张小桌前，等了差不多十五分钟，仍不见人来。等待让他有些焦灼。他试着深呼吸，胸腔里的气似乎还没换干净，隐隐约约地总有那么一丝腐臭的气味，他端起刚才点的冰红茶又咽了一大口。他收回视线，不再盯着门口。这个时间，大多数饭馆里的位子是空着的，这家人却不少，看起来喜气洋洋，不过细察之下并非如此，大概是这里的音乐，还有幼稚的颜色和食物，让他有了催眠似的错觉。

前面的桌子旁边是一对小情侣，男的背对着他，女的似乎笑着，脸上却浮着疲惫的油光，眼袋浮肿。再过去一排，一个穿暗色布夹克的中年男人带着十几岁的女儿，女儿面前摆着花花绿绿的餐盘，男人前面却空空如也，男人的目光斜着向下，迎上女儿餐盘的边缘，同样是眼袋浮肿。顾铭下意识地抬起手来揉了揉内眼角的穴道，那还是从前做眼保健操留下来的条件反射性动作。

顾铭稍微活动了一下脖颈，目光移到斜对面的一个小角落，那里孤单单地坐着一个人，看不出年纪，很难说三十、四十或者五十，他穿着一身蓝色的迷彩服，头上还齐整地戴着同一颜色的软帽，面前的桌子上没有餐盘，什么也没有。他只是坐着，身体挺直，偶尔变换一下姿势，但还是挺直，仿佛军训里的士兵时刻提防着教官的突击检查一样谨小慎微。他的脸很瘦削，皮肤暗淡，没有什么表情，只是时不时会扫一眼点餐台的方向，脸上随即浮起一丝歉意，之后便又是茫然的神情，茫然中仍旧带着歉意。他旁边的座椅上放着一个孩子气的浅灰色书包，有些破旧了，装得鼓鼓囊囊的，立在他的旁边，更衬托出一种幼稚的茫然。顾铭一直看着那个人，恰好一个瞬间和他散漫的眼神交接，顾铭微微点头示意，那个迷彩服男人的目光却一下子逃也似的弹开了，随后再也不向顾铭这边看一眼。

门口又陆陆续续地进来了几个人，但还是没有那个女人的踪影。顾铭把杯子里剩下的茶喝完，他还没决定怎么办，但已经不抱希望了。就在这时，放在桌上的手机响了，顾铭接起来，是女人的声音。

"对不起啊，我临时有事，今天去不了了，害你白跑一趟，真是对不起。"

她的声音听起来充满了歉意，同时也透出一丝犹疑，还没等顾铭说话，就匆匆挂了。

顾铭轻轻叹了口气。事情总不会太顺利，他应该料到的。上次见面的时候，女人的镇定的确出乎他的意料，也许他估计错了。他想起女人那薄薄的微微翕动的鼻翼，她身上有种难以言喻的不可测的东西，像幽暗之中一点来历不明的光，闪闪烁烁。

她究竟要什么呢？这么久以来依附于一个有家室有名望的男人，顾铭不相信她对名利无所企图，可是她的衣食住行那么寡淡，十几年了始终住在那个大杂院里，忍一时，伪装一时并不难，但是有谁真能伪装十几年吗？

话说回来，倘若这女人对艺术家是真心实意的，只是相互慰藉别无所求，可艺术家在医院里躺了这么久，彼此见不到面，消息也不通，她的脸上却看不出担忧和焦虑。这样镇定自若，又是为什么呢？

想到这里，顾铭觉得胸口憋闷，不由得又深深地吸了口气。是女人主动提出要跟他联系的，她原本可以推脱躲避，即便知道他不会就此罢休，但能躲得一时是一时，没有必要主动约他。既然约了，又临时推掉，这是何必呢？

他细细回想上次见面的情景，想起院里煤气炉上嘶嘶作响的砂锅，砂锅在小院里飘荡的有些奇怪的香气，女人转过身整理头发时片刻的沉默。他仍旧不能想象这是和父亲偷偷牵扯了十几年的女人，她身上带着的，以及弥散在那间小院里的幽深芜杂的气息，难道就是父亲所需要、所追求的？艺术家鄙视庸俗，鄙视软弱，鄙视自己平凡的儿子，却这样眷恋灰突突的矮墙里的世界？那里的饭菜、汤水的味道也格外好些吗？

顾铭想象着父亲走过他走过的那条小胡同，走进女人住的小院，穿过院子，掀开竹帘子，啪嗒一声，走进昏暗的屋里。他猛然一个激灵，想到了老柴。就是在这里，艺术家就是在这里和老柴有了交集，而就是这样的一点交集慢慢滋长、发酵、膨胀，直到十几年后把他从头到脚卷了进去。他想起如何收到老柴的匿名信，想起如何与老柴第一次在咖啡馆见面，想起自己的生活如何一步一步地陷入眼前的困局，原来，都是从艺术家身后那竹帘子啪嗒的一声开始的。

女人和老柴又是什么关系呢？有没有可能是他们合起伙来布了这样的一个局，装自己进去？顾铭此时已经走出了麦当劳，他沿着马路，慢慢向停车的地方走去。隐约又闻到了一丝腐臭的垃圾味，再次深深吸气吐气，但是空气里并没有多少他想要的新鲜清凉，胸口又是一阵阵憋闷。

顾铭轻轻地摇了摇头，仰起脸来看着远处的高楼，这样的楼他以前从不在乎，现在看起来竟觉得是一种安慰。

相见欢

"你踩过界了"

　　顾铭回到车里，脑子里一边颠颠倒倒地想着，一边系上安全带，准备发动车子。钥匙还没插进去，却听见有人用手指笃笃地敲着他侧面的车窗。竟然是老柴。老柴略弓着腰，鼓着眼睛在车窗外面瞧着他，一双圆眼睛睁得十足，向上翻着，隔着暗色的玻璃，露出半截泛黄的眼白。

　　老柴示意他把副驾驶一侧的车门打开。门开了之后，老柴一侧身重重地压了进来，随后啪的一声带上了门。和上次被那对黑白 T 恤踢倒在地的时候完全不同，今日的他较往日更加神采奕奕，每个动作都带着风，气势十足。顾铭下意识地挪了挪身子，车里只坐了两个人，他却觉得有些拥挤。

　　"没想到是我吧？"老柴扬起眉毛，微微转动脖子，瞟了顾铭一眼，故意拿捏着几分，拖着腔调，"我才想着去找小顾先生，谁知就看见你的车了。人家说出门遇贵人，我跟

134

你还真是有缘呐。"

这里离老柴住的地方不远，碰见不足为奇，不过看他这副上了戏台似的夸张模样，顾铭知道事情没那么简单，便敷衍地笑了笑，没说话，等着他的下文。

果然，老柴直接切入了正题，语速也快了起来，"小顾先生大老远地来南边是为了要见什么人吧？"他那短粗的眉毛示威性地扬了扬，带着一副笃定的神情拿眼光在顾铭脸上扫来扫去，仿佛马上就要扫出什么破绽似的。

顾铭心里一惊，果然是所有可能性里最坏的一种可能，他们真的是串通好了的，一个诓他出来，一个设好埋伏，不过……似乎哪里有些对不上。情急之下他也顾不上细想，先对付过眼前再说。

顾铭肩膀分别向两边舒展了一下，同时提起一口气，呼出个笑来，他特意稳住了脸上的笑意，斜过头看着老柴，"老柴你该不会是专门在这儿等着我的吧。你找我打个电话就行了，不必这么辛苦。"

老柴听了，先是脸色一变，随后又哈哈笑了起来，笑声乍起还是热络的，却迅速冷了下去，尾声已经嘶嘶冒着寒气。他微微眯起眼睛，"看来小顾先生心情不错嘛，不过我今天没什么心情跟你逗趣儿。我劝你给自己留点余地，你要是以为这么着就能将我一军，那可是盘算错了。"

话音未落，老柴的脸色已经彻底阴了下去，两边颧骨向

135

下拉扯着。显然他还没说完，但给了顾铭一点停顿的时间，顾铭猜那大约是坦白从宽的意思。

见老柴急切凶狠，顾铭知道他来者不善，但总不能还没招架便认输，于是转了转手里的车钥匙，若无其事地岔开话题，"我不知道老柴你这话从何说起，不过看起来我们今天且有的聊呢。你是想就在车里聊呢？还是去别的地儿？"

车里的气氛有些僵持。老柴坐直身子，沉默了片刻，也不看顾铭，把双手十指分开，相互交叉在胸前，又过了几秒钟，竟自顾自地哼唱起来："想当年我也曾撒娇使性，到今朝哪怕我……"

老柴声音不大，但回旋在四面车窗之内，听起来竟分外清晰，连他那假声里一丝丝干涸的裂缝都听得清清楚楚。他咿咿呀呀地唱着，起先吐字不清，随后越唱越入佳境，仿佛陶醉在这婉转呜咽的戏文与自己的唱腔中似的。

顾铭见老柴微微低头，眉头时而上下开合，两手虽是交叉着，但左右小指仍向上翻出两个不屈的粗短的兰花，随着唱腔微微地起伏，顾铭不知如何反应，只好侧耳细听。他叫不出唱段，隐约好像听过，大约是程派青衣的一段慢板，只听老柴扁着嗓子唱道："这也是老天爷一番教训，他叫我收余恨、免娇嗔、且自新、改性情……苦海回身，早悟兰因；可怜我平地里遭此贫困，遭此——贫——困——，我的儿啊——"

那柔弱无骨的唱腔到这里戛然而止，老柴原本交叉的双手向上顺势合成个人字，顶托住了他胡子拉碴的圆下巴。他就那么撑着，片刻的沉默之后忽地侧过身来，直直地盯着顾铭，眼睛里放出凶恶的光。

"这游戏是我的，玩儿就要按着规矩来。你踩过界了，就别怪我撕破脸皮。"

他右手摸着下巴上的胡子茬，向上翻了翻眼睛，接着说："我们这种人是没脸的，撕破就撕破了，撕成什么样我都不在乎。你们可是要脸面的。哼，真以为我们是地底的泥巴，由着你们这些人践踏么？践踏就践踏了，那脚可就别想干净了。"

他狠狠地吐出这几个字来，换了口气，放平了语气继续说："我也不跟你废话了。原本呢，是想你自己觉悟，现在看来也没这个必要了。"

他努了努嘴，像在做最后的决定，然后伸出三根手指对着顾铭的脸晃了几晃，"三天。我给你三天时间。六十万，再加两幅字画，一幅顾先生大作，一幅顾先生藏品。我保证小顾先生你的生活一切照旧，不会有任何变化。否则——"他刻意顿了顿，"我也保证，小顾先生你的生活再不会和从前一样了。"

老柴撂了狠话推开车门扬长而去，临走也没忘把气势做足，砰地一声摔上车门，力气用得不小，可是手底下却没有真失了分寸。顾铭坐在车里，久久都没动。说也奇怪，老柴一副全知全能的架势，跟他兜圈子耍太极，让他厌恶透顶，恨不能早一点甩了这粘在脚底的烂泥，可现如今这样捅开了，明码实价地亮出来，他却有那么一丝失望。

关于具体的数字，他在脑子里转过很多次，六十万虽比他想的多些，但毕竟只是个数字，老柴费了这么大的力气，不知为什么，他总是隐隐地觉得为的不止是个数字。字画他该想到的，只是不知为什么竟没有。他似乎总是忘记艺术家是一位艺术家，人们说起顾寿山自然会联想到笔墨丹青，只有他，常常忽略了这样的联系。他有些搞不明白自己了。

照理说，这到底是赤裸裸的敲诈勒索，平白无故地就算是被骗了六百块也觉得堵得慌，更何况是六十万，可不知道为什么，他竟没什么感觉。他只觉得头嗡嗡地疼，不知道是不是在车里坐得太久有些缺氧。他下意识地伸手去揉太阳穴，手刚抬起来，却听得啪的一声，车钥匙从手里滑下来掉在脚下。顾铭伸手去捡，弯下腰却看见旁边老柴刚才坐过的车座底下有一团颜色鲜艳的东西，仔细看是一小包餐巾纸，天蓝色底子上面各种粉红线条缠绕着几个"XX医院治疗不孕不育还您天伦之乐"的花体字。顾铭忍不住骂了一句，直起腰时，动作太猛，头又磕在了方向盘上。

顾铭不知如何纾解内心的郁气，一直以来对他纠缠不休、让他身心俱疲的，竟是这样的不上道的人。这个忽阴忽阳，乍喜乍怒的家伙，他怎么就没发现他是一个彻头彻尾的流氓恶棍呢？也许巴千山说得对，他有太多不切实际的幻想。

顾铭闭上眼睛，头向后靠在椅背上，事情到了这一步，也算是他期待的结局，可是为什么越要尘埃落定他反而越觉得茫然呢？老柴今天这样恶狠狠地匕首投枪最后通牒一起掷过来，他的确有些招架不住，可为什么隐隐地觉得伤害来自别的地方呢？

黑色旅行包

　　不知不觉天已经入秋了。顾铭喝了一口茶，窗外路边的梧桐，绿色中纷纷杂杂地透出些黄来。他约了巴千山在这家茶馆见面。

　　顾铭斜睇了一眼放在身边的黑色大旅行包，包里有他在老爷子的画室里拿的两幅藏品，算不上精心挑选，但也大概知道分量。画室里的那些字画，凡是艺术家在乎的，都会定期轮流悬挂再装盒，这是他每隔半年左右就有的例行仪式。有时会有一两个朋友在，但大多数时候都是一个人，碰上兴致极好时，也会叫母亲和他去观摩。在顾铭看来，那些个枯笔渴墨的画大同小异，只不过这么多年下来，耳濡目染，他大致能摸得清那些书画的斤两。单凭艺术家画室里的排兵布阵，就能估摸出哪些字画是艺术家的心头好，哪些是锦上添花满足虚荣心的战利品。他就在战利品的区域翻了两幅眼熟的画来。

他的工资前些年都胡乱花了，这两年才开始存，最多不过几万块。又不能去跟母亲要钱。家里的存折、储蓄卡他倒是知道母亲放在哪儿了，但他不知道密码，且动用家里的钱总归瞒不过母亲去，他不想母亲知道这些事儿。那就只剩下一条路了——卖老爷子的字画。这样一条顺理成章的思路，他其实早在老柴刚找到他的时候就已经合计过了。这原本就是艺术家的风流账，自然要他自己去填平。何况这也是最稳妥的方式，老爷子大概是没精力去秋后算账了，而母亲，他知道，母亲对父亲的字画收藏虽然看重，却是没什么兴趣的，那一摊子书画她从来都不甚了了，少了三五张，只要不是最要紧的那几幅，根本无伤大雅。

"想当年我也曾撒娇使性，到今朝……"不知怎地，这几句唱词开始在他的脑子里打起转来。老柴先前唱的时候他就觉得似曾相识，他一个人静静地坐着，一边回忆，一边轻轻地哼唱，"这也是老天爷一番教训，他叫我收余恨、免娇嗔、且自新、改性情……"

他终于想起来了，这一段是《锁麟囊》。他以前听戏不太听旦，还是小乔点拨他，说宁可梅派不听，也要听听程派，才能知道这粉墨登场的乾坤里全套的辛苦。人为什么爱听戏呀？小乔两个眼睛亮亮的，循循善诱，不就是因为这里面咿咿呀呀百转千回的都是人世间的辛苦吗？他数着指头，像教

相见欢

小孩子似的数着，这老生是苦，老旦也是苦，丑角花脸仍旧是苦，年轻的花旦青衣是吊了细嗓举手投足都困在方寸之间的苦，每一样都是不同的滋味，要集齐了才能真正懂得戏。所以呀，这戏嘛，也只能是抱着一颗闲心去听，细细地去咂摸那戏台上精致打磨的苦，才能品出那各色的苦中丝丝的甘味来。

程派的这段《锁麟囊》，正是小乔向他推荐过的，他说程派虽不比梅派流行，却是更纯正的苦。顾铭想起这些，嘴边不由得也泛起一个苦笑来。品出这些精致的苦中的甘味，就可以忘了真实世界里那些粗糙尖利不可控的烦恼与创伤么？

顾铭叹了口气，把手中的茶杯放下，稍一抬眼，就看见巴千山已经到了门口。

巴千山背着帆布包，撇着八字步，轻快地走到顾铭跟前，径直朝他对面的那张双人沙发椅坐了下去，"怎么着？电话里说得挺急，到底什么事啊？"话音没落，拿起桌子上的那壶茶闻了闻，"哟，改喝毛峰啦，味儿闻着不错。"

顾铭等他放下茶壶，给他倒了杯茶递过去，"是有件事要找你帮忙。"

巴千山端起茶杯呷了一口，点点头，"今儿是第一次在这儿喝毛峰，还不坏。你说吧，什么事？"

顾铭稍稍迟疑了一下，随即果断地说："要托你卖两幅画。"

巴千山瞪大了眼睛，像没缓过神来似的，定了那么一秒钟，才又眨巴了一下眼睛，身子在沙发椅上微微挪了一下，向前探出小半个身子，压低了声音说道："是老爷子的画吗？"

顾铭摇了摇头，随即又点了点头，"是他的藏品。"

"缺钱？"巴千山身体向后靠了靠，轻轻叹了口气，眉头皱起来，脸上颇有些恨铁不成钢的意思，压低了声音，"缺钱你跟我开口啊，用不着卖老爷子的藏品不是？"

顾铭又摇了摇头，"不是你想的那样，我是真的需要一大笔钱，而且要得比较急。所以才……"

巴千山一只手来回摩挲着茶杯，"你这……肯定不是阿姨的意思吧？"

顾铭没等他说完，就打断道："你放心，这事儿我不会把你牵扯进来的，我妈那边我能搞定。"

"那万一以后老爷子醒了，问起来呢？"巴千山脸色越来越沉，看着竟令人有些害怕。尽管如此，这么一句话说出来，还是让顾铭觉得好笑。

万一？顾铭发现自己已经不相信会有这个万一了，德高望重的老艺术家在这场他自己制造出来的闹剧中还是缺席的好。可要是真的有那个万一，也好，艺术家自己的无价宝抵偿自己的风流债，这一次又能用什么借口再怪到他这个儿子身上来呢？他倒是很想知道。想到这儿，顾铭下意识地冷哼了一声，"真到那个时候，我自然会跟他好好交代。总之你放心，不会把你卖了的。"

巴千山飞快地瞟了他一眼，放下杯子，又在沙发椅上扭了扭他有些发福的腰，鼻子里重重地哼了一声，"你呀，你就作吧。这事儿可大可小，你知道吗？你就没想过后果？"

顾铭有些急了，他没想到在巴千山这儿要费这么大的力气，"后果不后果的，反正是我担着。你能帮我这个忙吧？"说着，他侧脸瞥了一眼身边的那个黑色旅行包。

巴千山颇有些惊讶地问道："怎么，你东西都带来了？"

顾铭沉默了片刻，他不想再跟巴千山兜圈子了，"六十万。我只要六十万，要是没有多出来的，算我欠你的，要是有富余的，就当是劳务费。总之，我只要六十万。"

巴千山也不看那包，端起茶杯喝了口茶，也不抬头，慢悠悠地说："你先别那么着急，也别跟我说什么欠不欠的。事儿不难办，你给我个时间吧，什么时候要？"

顾铭又侧过脸，看了看旅行包，"要不你先看看画？要是觉得不值这个价，就还给我。要是你觉得还行，就帮我出货。我要得急，三天怎么样？"

巴千山抬起眼睛，"我得问问你啊，你要钱要得这么急，是不是出什么事儿了？"他盯着顾铭的脸，见他不作声，继续说道，"事儿我肯定帮你办，我还能信不过你？我知道你肯定摊上事儿了，你不想说，我也不逼你，不过你自己心里得有数，有些事，给钱能摆平，咱就给钱，不就是钱嘛，还能比人重要？不过有些事，给钱也未必搞得定，白白填了无底洞，咱可不能当那冤大头。"

顾铭不作声。巴千山看了看他，把手里的杯子放回桌子上，用的力道大了些，当的一声，玻璃杯敲击着抛了光的木头桌面，声音竟是毫无回响地闷实。

"得，那就这么着，你等我信儿吧。"

话音儿落下去，巴千山的表情又恢复了平时的轻松老道，看不出忧也看不出喜。顾铭心里松了口气，他知道找巴千山没错，他其实也没有什么别的选择。他自然是不希望巴千山知道底细，可是好像又不只是这样，老爷子的那点儿事，巴千山估计根本就不当回事，这家伙，向来不把人往好处想，他早就放过话，说什么宁当真小人，不做伪君子，拔一毛利天下的事儿都没兴趣。

顾铭有时候也好奇巴千山的世界究竟是怎样的，他手底下过的一个个古董、一幅幅古画，还有那些眉眼标致的女孩儿，他是怎么带着一双精算师的眼睛，不以物喜不以己悲地归拢筹划的？他和巴千山认识二十多年了，可自打他认识巴千山开始，似乎就没见他为什么事犯愁过。他们真的是活在同一个世界里么？

旅行包给了巴千山，顾铭觉得如释重负。那里不过装着

相见欢

两幅从老爷子书房里拿出来的画，连着包装盒也没多重，可还是让他觉得压得慌，连带着胸口也像堵了什么，呼吸都有些不自然。现在好了，他觉得这事儿就要过去了，虽然不如他想象中的那样轻松。

他心里似乎不再那么沉郁了，头却开始疼起来，像宿醉的那种疼，虚飘飘的，把他和真实的世界隔绝开来。不过不管怎么样，折磨他这么久的这点破事终于快要完结，他要为此犒劳一下自己。他回到车里，迅速且熟练地启动车子，系好安全带，手搭上方向盘的那一刻却又茫然了，要去哪里呢？医院里的父亲，家里的母亲，办公室里的同事，即便各个都敞着门亮着灯，却没有他想见的。

顾铭忽然想起麦当劳里的那个一身迷彩服的男人，神情萧索地坐着，此刻的自己像极了那个男人，又或者那根本就是另一个时空里无处可去的自己。他又想起了那个小院，煤气灶幽幽的蓝火苗上嘶嘶地吐着水汽的砂锅，身穿墨绿色衬衫头发凌乱且瘦削的女人。他不知道自己为什么会想到她，竟然会想回到那儿去。

头又开始疼起来，他握住方向盘，同时脚踩油门，车子掠过几辆自行车开上了路，旁边自行车上一个穿红衣服的姑娘，一只手拿着手机，一只手扶着车把，在他斜后方歪歪扭扭了好几下，才支撑住了没有摔倒。那姑娘抬头在后视镜里冲他翻了个白眼，横眉立目地骂道："有病！"

"地痞、流氓、下三滥"

明天就是第三天了，除了巴千山那边，还有老柴要的两幅画。顾铭固然有些焦灼，不过事情到了这一步，他发现自己远比从前想的要平静。他已经有几天没去医院了，实在不明白在那儿坐半个钟头有什么意义。母亲从来不强求他去，他几乎没什么负罪感。

他终于听到母亲关了客厅的灯回了卧房，再等一阵，出来时，母亲房间的灯也灭了。他洗了澡，换了衣服，兀自在床上坐了一会，他不知道自己为什么要这样拖延，想想也觉得滑稽，自己这样沐浴更衣的，难不成要去朝拜么？想到这儿，他便不再犹豫，径直起身走到了父亲的画室。

他摸索着进去，开了台灯。这样的光线下面看这间画室，有些陌生。他去柜子里拿了十几幅卷轴出来，放在画案上。老柴只说要一幅藏品和一幅老爷子的真迹，找给他就是了，连挑拣都不必。藏品好选，他随便拿了一幅石头花鸟的，足以应付。剩下那一大堆，都是艺术家的画。他一幅一幅地打开，铺在画案上，除了常见的山水树石和几联书法，竟然还有两幅人物画。

他还从没这样看过父亲的画。两幅都是美人图，一个芭蕉树下坐着弹琴，一个手拿团扇凭窗眺望。台灯的光漫溢下来，纸上的笔触显得格外清晰，一笔勾，一笔挑，一笔涂抹。画上的美人身形只用简笔勾勒，线条圆转流畅，带着书法的劲道。再看脸，大约因为添了一点浅浅的粉色而显得年轻蓬勃，两幅画虽然一个是正脸一个是侧脸，但都是微微向上仰起脸庞，微睁着双眼，表情看上去有些困惑，却并不是常见的病弱美人的姿态，而是宛如学校里好学生一样认真的困惑和迷茫。

是那个女人吗？顾铭回忆着她的神态，她在杂乱的小院里半低着头，微微蹙眉，似乎是又不是……还有那个他没太看清长相的女孩儿，一阵风似的除了年轻还是年轻的混沌天真。父亲当年究竟是怀着怎样的心情跨进那座小院，撩起那扇竹帘子的？又是在怎样的心情和灵感之下勾画出这些美人脸的？会是在那扇竹帘子后面的某个地方吗？在那光线昏暗的小屋里的某一张凌乱的写字台上，抬起右手的神圣尺骨……

顾铭觉得自己实在没有力气再去探究。算了，尽管还有太多疑问，但原本是要结束的事情，就这样结束吧。他从艺术家的画里挑了一幅山水，和那幅石头花鸟的藏品一起拿进自己的房间，放在床底下的黑色旅行包里，把剩下的画又收回到柜子里。他收拾好东西正准备睡觉的时候，巴千山打来了电话。

"还没睡吧？我怕你着急，先跟你说一声，你托我办的事，已经快办好了。不过……那钱是给你转过去，还是要现金啊？"

"转账吧。"

"行。"巴千山在电话里迟疑了一下，接着说，"你确定要这么急吗？真的不能再缓几天？"

"这事儿就这样了，我不想再拖了。"顾铭听见电话里自己的声音有些陌生，带着嗡嗡的回音，听上去有些苍老。

"你真的不要我陪你一起去？"

"不用了，我自己能搞定。你明天帮我把钱转过来就行，没问题吧？"

"应该没问题，你明天早上再等我信儿吧。"巴千山没再说什么，挂了电话。

顾铭一觉睡到九点多才醒，他没想到自己居然能睡这么沉。家里静悄悄的，想来母亲已经出门了，星期天上午合唱团要排练，母亲总是一大早就走。顾铭洗漱完毕，坐在桌前吃母亲给他留好的早餐。

吃到一半，巴千山的电话打了过来，说事情已经办好了，不过还是坚持要跟顾铭见一面。

"好，那你过来吧，就我一个人在家。"

巴千山很快就到了。他看起来心事重重，肃着脸，一进屋就问顾铭是不是真的只有他一个人在家。他没背平时的那个帆布包，而是像小老板一样，绕了一个手包在腕上。进来之后，他也没客气，径直走到客厅的沙发上坐下，顾铭倒了杯水给他，然后就坐在他旁边的沙发椅上等着。

巴千山没喝水，也没说话，陷在沙发里一动没动，过了几秒钟，才半直起身子缓缓地朝顾铭的方向探过来，声音听起来略有些疲惫。

"钱准备好了，随时可以给你转过去。不过……"他抬起眼皮，不咸不淡地看了顾铭一眼，"我还是那句话，这事儿你真不能急，无论如何要缓缓。"

顾铭知道巴千山坚持见面就是还没完全放弃他的想法，至少要再提醒告诫或者叮嘱一番，却没想到他会冷着脸说得这样矜持且不容置疑。他正想开口反驳，巴千山举起手示意他打住，"你听我说，这种事我比你有经验，"说到这儿他顿了一下，随后神色一凛，紧接着空中的手向下斜着一划，加重了语气说道，"你这次一定得听我的。"

"老巴，真不用，"顾铭尽可能耐着性子，"我跟你说了，这事儿很快就过去了，我只想快点翻篇儿，不想弄得太复杂。"这是真心话，眼看着就要结束的事情他实在不想再横生枝节。

"你觉得敲诈这种事儿是很简单的吗？兄弟，你也太单纯了。"巴千山眉毛向上一挑，突然提高了语调，声音里带着一丝不耐烦的嘲讽。他说这话的时候，几乎是弹起来似的，身体猛地向前一摆，摆出个夸张的感叹号来。

顾铭愣住了，巴千山忽然这样将心照不宣的事说破，让他有些惊愕，一时间不知道该怎么反应。他说得没错，匿名信，桃色丑闻，还有一张嘴几十万的要价，这的确是如假包换的敲诈了，可为什么偏偏他不这样觉得呢？老柴和他缠斗了这许久，的确令他疲惫不堪，但是他尽管厌恶老柴，内心深处并不觉得这一切是老柴的错，甚至到这一刻被巴千山这样拦着才发现，他竟是情愿把这些钱给老柴的。为什么呢？难道真的是这一段时间以来自己不胜其扰，判断失常了么？连基本的是非对错都分不清楚了？

看到顾铭的表情，巴千山脸上的肌肉连带着刚刚弹直的身体都松了松，他向沙发里边挪了挪，直到整个身子都紧紧地抵住了，才又重重地呼了一口气出来，接着说道："这种事有第一次就有第二次，弄不好就是个无底洞，你想翻篇儿，根本不能够。"他翻了翻眼睛，竖起一根手指在空中画着重点，同时一副恨铁不成钢的口气接着说道："他就是抓住了你的这种心理，才能一而再再而三地从你这儿榨油水。那都是些地痞、流氓、下三滥，你还指望他跟你讲信用？"

他见顾铭不作声，又缓和了一下语气，"这事儿我既然知道了，就不能看着你往坑里跳。"说到这儿，他拿起茶几上的杯子，喝了口水，"你就听我一句，这种社会渣滓不能相信，不能就这么给他钱，让他牵着鼻子走，就算真的要给，也不是这么个给法。"

顾铭心里一沉，他其实早就该想到的，从他让巴千山帮他去查老柴的时候，就该知道这事儿是瞒不住的，又是查人，又是卖画，以巴千山的精明，怕是用胳膊肘想，也想明白这其中的关联了。地痞、流氓、下三滥，他想起老柴呼哧呼哧地吸着饮料，眼睛扑闪扑闪地放着狡黠的光。

"那你说要怎么个给法？"他不动声色地看着巴千山。

"我说顾大少爷，你怎么就不明白呢？"巴千山放下水杯，身子又向前探出去，瞪圆了眼睛，"我的意思是说，对付这种人，从来都是拳头比银子管用。"他看上去非常认真，一派中学班主任谆谆教诲、爱之深责之切的架势，"拳头使完了，再扔点银子也不是不行，不过一定要先给他打趴下了，把他彻底打怕打尿，让他知道自己就是一块烂泥，烂泥是永远上不了墙的，只配一辈子在烂泥堆里打滚，还想往我们身上沾，做梦！我告诉你，就是要把他打得连这样的梦都不敢做，才能永绝后患。"

巴千山那只在空中挥舞着圈圈点点的右手，和着他斩钉截铁的话音同时向下拍落。啪。真皮沙发拍出闷闷的一声响。

说完这句，巴千山适时地暂停了一下，他侧过脸去，像在下什么决心，又像自言自语地说："你这次碰上的这主儿是有点棘手，不过也不怕，一次不行，那就再给他一顿，我还就不信了，收拾不了这孙子，反了他了。"

顾铭的头的某个地方又开始嗡嗡地响起来。他仿佛又看见胡同口的大马路上，黑白 T 恤两个人无所顾忌地你一脚我一脚狠狠地踹向老柴，看见老柴像狗一样躺在地上哀号。真的是他。他就是这样跟那两个黑白无常一样的家伙交代的么，给我把他打成一块烂泥，要打得让他明白就是一块烂泥。他都能想象出巴千山那时的表情，轻描淡写的一脸肃杀。依着他，下一次会怎么对付老柴呢？再找人打他一顿，打得更狠，在更多人面前羞辱他，让他无地自容？顾铭知道，巴千山是做得出来的。从小到大，他要跟谁过不去，从来不像别人那样推来搡去飞拳抡脚的小打小闹，他谋划，他等待，他甚至常常都不用自己出面，更重要的是，他从不心软。

"顾铭，我跟你说，这事儿还得分两头儿。"巴千山经过短暂的思索，随即抬头看了顾铭一眼，接着说，"一头儿是对付这个孙子，这个交给我，你都不用出面，我给你搞定。另一头儿嘛，咱们得釜底抽薪，把他们敲诈的根儿给断了。"

他说这话时眼睛一直盯着顾铭，眼神里似乎有些异样。顾铭心里一惊，敲诈的根儿，难不成他连这个都知道了。他想问，但话到嘴边，又有些犹豫，"你……你是说……"他的话还没说完，就被巴千山截了过去。

"兄弟，这事儿我已经知道了。"他抬起一只手，拍了拍顾铭的肩膀，沉下声音恳切地说，"我知道，家丑不可外扬，你放心，到我这儿一定是最后一站，绝对不会外传。"说完他胳膊撤回来，眼睛又眯了眯，一副心领神会的样子，"其实这根本就没什么，都不算个事儿。"说着他又朝后面靠了靠，顺势仰了仰脖子，长出了口气，似乎颇为感慨。

巴千山后面说的那几句话顾铭虽然听见了，却仿佛隔了一片嗡嗡的声海，嗡嗡的声音荡漾着，他分明坐着没动，可是脚下似乎悬了空。他闭上眼睛，想集中精神，可是嗡嗡的声音依旧席卷而来，他下意识地伸手撑住额头，胸口闷得慌，不由得吁了一口气出来。

"你说你出了这么大的事，找到我这儿，又什么都不说，我能放心吗？"巴千山察觉到了顾铭的异样，身子凑过来，关切地说，"我就知道那个姓柴的一定有问题，上次没查清楚，这次我接着查。就这两天工夫，我托了不少人，总算是查到了眉目。"他的声音放得很轻，但理路清晰，似乎带着一种微妙的方向感。

顾铭觉得眼前的嗡嗡声在渐渐消失。他抬起头看了看巴千山，巴千山的两只胳膊撑在腿上，半弓着腰，"姓柴的这小子，你还别说，倒是挺能耐的，还真下功夫。"巴千山吸了一下鼻子，仍旧是轻声说着话，但声音里却透出压不住的兴奋来，"这孙子弄了一小本子，一笔一笔地记着，要不是他这么记，我一时半会还真不一定能找到头绪。"说完，他撇着嘴角笑，微微一笑，眼睛里放出光彩来。

小本子？老柴会在那个本子上一笔一笔记些什么？是父亲的风流账么？不可能，老柴跟女人毕竟不在一个院子里，十几年的时间，怎么可能每一笔都让他知道？他真的跟女人串通一气？巴千山又是怎么发现那个小本子的？难不成……

巴千山看出了他眼里的疑问，并不急着回答，而是直起身来，顺势打开胳膊，半伸了个懒腰，又长吁了口气，转头朝向他，"顾铭，这里边具体的细节你就不用再追究了。非常之时用非常之手段，再说对付这种人，难不成还要讲礼义廉耻？你现在要操心的不是这个，而是怎么把那一头儿给摁住了。你明白我的意思吗？"

顾铭轻轻点点头。他在心里叹了口气，虽然他并不认同巴千山说的，可还是有些担心，旁观者清，万一被他说对了呢？……他决定再探一探巴千山的想法，不置可否地问道："那你说，那一头儿要怎么个摁法儿啊？"

"这个嘛，倒是得合计合计。"巴千山努了努嘴，两只手指来回搓着下巴，"这女的得看她是什么人，吃软还是吃硬，探准了才好拿主意。不过你也不用太担心，这种女的我见多了，按着品级分呢，也能大致划出个三六九等。就这位，胡同里住大杂院儿的，能见过什么世面，吓唬吓唬，再给她点甜头，量她也不敢怎么着了。关键得把她跟姓柴的给分开，让他们各自为政，也就翻不出多大的水花儿了。"巴千山说得颇为自得，好像一切已经成竹在胸了。

顾铭眼前又闪过女人低垂着眼睛的瘦削面庞，他想起女人的声音，很干，干得仿佛有一缕烟要升起来。他不禁问道："你确定么？万一她没那么简单呢？"

"这种女的，能复杂到哪儿去？"巴千山撇了撇嘴，毫不掩饰他的不屑，"其实我最担心的不是她，是……"他说到这儿突然打住了，一副欲言又止的样子。

顾铭一时没跟上，疑惑地看着巴千山，"是什么？"

"唉，"巴千山叹了口气，又犹豫了一下，终于开口，"那女的……不是有一孩子吗？"说完他又停了下来，拿眼睛瞅着顾铭，等着顾铭自己觉悟。

顾铭心里猛地一沉，原来是这样。巴千山真不愧是巴千山，就这么两天的工夫，他不但什么都知道了，而且很有可能比自己知道的都多。

顾铭觉得自己的心还在下沉，失重似的一路向下。他这才明白过来，巴千山可真沉得住气，打从进屋起，应该就已经有了通盘谋划，他一路曲曲折折地引着自己到这里，才把底牌打出来。自己真失败啊，在老柴那里亦步亦趋始终打不开局面地失败；在巴千山这里懵懵懂懂浑然不觉被缴了械还是失败。从前在艺术家那里一次次遭受挫败，他最多是无地自容，破罐子破摔，而如今巴千山一层层循循善诱，一层一层地剖析，自己却迷迷糊糊的，只差一点就要被剥得赤身裸体了才明白过来。

想到这儿，顾铭下意识地拉了拉衬衫的领子，抬头看了巴千山一眼。巴千山微微皱着眉，正小心翼翼地带着询问的目光看着自己。顾铭心中一凛，脸上仍旧不动声色，"是吗？她有一孩子？"

巴千山收回了目光，"你不知道啊？那女的有个女儿，上中学了。那女的以前离过婚，按理说应该没什么问题，不过……不过咱还是保险点儿，不怕一万，就怕万一。"

"啊，万一什么？"顾铭努力地克制自己。

"哎哟，你是真糊涂还是跟我装糊涂啊？万一那要是老爷子的呢？你是想多一妹妹吗？"巴千山似乎有点不耐烦了，他站起身来，在屋里走了半圈，又回过身来，面对着顾铭，等着他的反应。

"你觉得可能吗？"顾铭好像有些反应不过来似的，看着巴千山。

"什么我觉着呀？这感觉要是有用，那警察都甭办案了。"巴千山有点急了，眼睛又瞪起来，"你怎么想的呀？那孩子要不是最好，万一要是，那女的拿这个找上门闹起来，你打算怎么办啊？现在技术这么发达，可不是你不承认就能了事的。"

相见欢

　　顾铭扬起脸来看着巴千山，心里的绝望和震撼仿佛到了顶点。他一直以来逃避的一切，就这样全部被撕开在眼前了。这就是他所能期待的最坏的结果么？老爷子晚节不保，自己多出个妹妹，而母亲，母亲的生活可能再无宁日。这一切他实在不知道该怎么面对。有那么一瞬间，他不想再去管了。其实也就是这样了，不是吗？最坏的结果，也不过就这样而已。他又有什么不能接受的呢？除了担心母亲。可或许母亲并没他想的那么脆弱，他努力挣扎了这么久，也许根本就没有意义。

　　巴千山有些摸不准他的反应，看着他迷迷糊糊的眼神，继续试探着追问："顾铭，你到底是怎么打算的呀？如果真有这么一天，你打算怎么办，想过吗？"

　　顾铭依旧茫然失神地看着他，"我不知道。"他又低下眼睛，盯着对面茶几上那个雕花玻璃杯发愣，过了一会儿，才缓缓地说："我觉得不会的，那女的我见过，不像那样的人。"

　　"哪样的人呐？你都被人讹上门了，怎么还不清醒啊！"巴千山又在客厅里快速踱了几步，"那种胡同里生大杂院里长的，三教九流什么样的都有，什么下三滥的招数使不出来啊？你当那女的是什么人？真要是良家妇女，能干得出这么不要脸的事儿来吗？一缠这么多年，她要是没点儿邪门歪道的手段，怎么可能？"巴千山的话一出口，猛地意识到了什

158

么，赶紧改了口，"我没别的意思啊，老爷子那……是没见过她这样的，所以才……"

顾铭斜着嘴微微冷笑了一下，要说这个，女人是离了婚的，可是艺术家是婚内出轨，算起来他才是更可恶的那个，可是到头来被骂的却是女人。他努力想着女人脸上萧索的神情，是啊，十几年的时间，父亲究竟是被什么吸引住了？那个有些破败的小院里，究竟有什么牵绊住了他呢？

"总之我就是给你打好预防针，那女的这些年缠着老爷子，肯定没少从他那儿得到好处。如今老爷子躺在医院里了，估计是断了进项，所以才在这个时候里应外合来这么一出仙人跳，这事儿不明摆着么？他们是能敲一笔就敲一笔，实在不行就带着那孩子杀上门来分你的财产，你就被动挨打吧，现在法律也保护非婚生子女啦，我告诉你，这种狗血的事情我可是看过的，到时候闹得你没一天好日子过。"

顾铭仍旧盯着巴千山看，一言不发。

"不过你也别太担心了，我说的这是万一，最坏的情况。我估摸着应该不是老爷子的，所以他们才虚张声势搞这么个局出来。总之一句话，在没弄清楚对方的底牌之前，先按兵不动，至少这钱不能这么容易就给他们。你放心，这事儿我肯定帮你查清楚，只要确定那孩子跟你们顾家没关系，我有的是办法收拾他们。"

巴千山终于走了。顾铭颓然靠在沙发上，不得不承认，

159

巴千山虽步步紧逼，但说的不是没有道理。

他闭上眼睛，老柴、女人和父亲，一阵风似的走进小院的年轻女孩儿，大杂院儿、公园里唱京戏拉二胡的老头儿，破胡同里亮着白炽灯的杂货店，杂货店老板和女儿脸上一模一样复刻下来的茫然的笑，父亲右手轻轻搭上女人墨绿色衬衫的后背，老柴姜黄色的长袖保罗衫在空中翻转飞旋着假想的水袖，"贞洁烈女——是我王——宝——钏"，细碎的鼓板配着曲折的京胡一声快似一声，"那都是些地痞、流氓、下三滥……胡同里生大杂院里长的，三教九流什么样的都有，什么下三滥的招数使不出来啊？"他的思绪到这里猛地断了，一只猫，白色的猫，在一片深深浅浅的灰色胡同的海上踏浪而来，猫走近他，瞪着两只灰黑色的猫眼看着他，小小的肉色的鼻头和杂乱的猫须微微颤动，它就那么一直看着他，玻璃球一样的眼睛里的瞳孔倏忽间缩成了一条黑色的逼仄的线，就像，像一道裂缝。

顾铭猛地睁开眼。他突然意识到也许从一开始，从老柴找上他，他就搞错了方向。不管是否如巴千山所说，此事是老柴和女人串通起来做的局，父亲这持续了十几年的婚外关系已经是铁一般的事实。婚外关系，他叹了口气，他心高气傲的艺术家父亲踏出踏入那一片胡同大杂院，甘愿十几年如一日地维持着这样婚内婚外的两重关系，究竟是为什么呢？他真的是搞错了，他高估了自己，其实他根本解决不了任何问题，这些问题原不是因他而起，他凭什么幼稚地以为自己可以解决这一切，可以快刀斩了这一团纠结了十几年的乱麻？他觉得沮丧，身体有些发冷，可能是感冒了。

顾铭摸了摸自己的额头，好像没有发烧，鼻子里却有隐隐的不爽利的一团，他抬起手揉了揉鼻子，听见自己的呼吸，手捂在鼻子和嘴上，感觉到身体里呼出的热气从鼻子、嘴巴传到手掌。忽地心里一动，艺术家身上插满了管子，一动不动地躺在病床上，眼睁睁地看着隔了他一步之遥却分明遥不可及的世界，看着他不成器的儿子在一米开外冷漠地看着他会是怎样的感受？如果呼吸不畅大脑麻痹的艺术家有感觉，大概就是那种灵魂出窍的感觉吧。如果他真的灵魂出了窍，会希望飘荡在那一片灰色的胡同上空么？飘进那座小院儿里，看着院子里煤气灶上嘶嘶吐着气的砂锅，等着那帘子挑起来再啪嗒一声落下？

顾铭觉得自己的身体好像在发抖。他抓起对面茶几上果盘里的一个苹果，另一只手拿过水果刀。不像父亲，他吃苹果向来是不削皮的，他不明白自己这是为什么。他很少用水果刀，可是他发现自己的动作很熟练。苹果刀远比看起来要锋利，果皮连着果肉削下来，在刀刃上溢出丰盈的汁水，他如果慢下来，可以削下一层纸一样薄的红色的皮，那么薄，几乎要透明了，看着都有点疼。

削苹果的事平常都是母亲做的，母亲削好的苹果有时带

相见欢

着棱角，换了父亲一定是一丝不苟的。他虽然不记得，但他觉得父亲一定就是这样削苹果的，慢慢地，一点一点地感觉刀刃的游走，看见粉白的果肉欣喜地在刀下一寸一寸地转出来，屏气凝神，世界静止了，全身的力气运在手腕上，他紧紧地握住水果刀，感觉到自己的手冰凉，是身体里的血好像流不过去似的那种冰凉，要均匀，不能断，可是他的手却不禁抖了一下，苹果皮断了，颓然地掉在地上。

空气里弥漫着淡淡的果香，顾铭叹了口气，他拿起那个削了一大半的苹果，用水果刀切下一片放在嘴里吃起来，苹果肉已经微微变了颜色，但仍旧很甜。不知道为什么，他忽然想起老柴和他第二次见面时说过的话，就在那个咖啡馆里，老柴吸干了饮料杯子里的奶昔，翻着眼睛极其不耐烦地教育他，"问题问得不对，答案怎么能对呢？"

母亲

顾铭在手机的通话记录里找到那个女人先前来电的座机号码，抱着侥幸试试的态度拨了过去。他听着电话接通的嘟音，心想打过去不知道会通到哪里，他已经做好了直接去找女人的准备。嘟音中止了，那边竟然真的传来女人的声音，她特有的干涸的声音，"喂，你找谁啊？"

"啊……啊，你好，我……我是顾铭。"他没想到女人上次竟然就是用家里的座机给他打的电话，她竟然连避都不避，这样的坦然像直接打到他的脸，让他一时有些狼狈，不知所措。

女人在电话那头微微顿了一秒钟，"哦，你好，"她又顿了一下，"你找我是想见面吧……我今天下午正好有空。你方便吗？"

顾铭挂了电话之后不久，大约十一点钟的时候，母亲回来了。她进来带上门后，站在门口换了鞋，门口扫进来的风带着初秋薄薄的凉气。母亲看起来气色很好，也许是刚刚上了几层楼，微微有些气喘，但动作轻快爽利。她到餐桌前倒了杯水喝，随后转身进了厨房，在厨房里好像只转了个圈，便又拿着购物袋说要出去买菜。顾铭的脑子还停留在刚才的电话上，女人在这个时候答应见面，这比那个电话号码还要让他吃惊，他原以为自己已经准备好了，可现在看来……

眼看母亲换鞋又要出去，顾铭突然站起来，"妈，你等一下，我陪你一块去。"母亲站在玄关那里，看着他拿衣服找车钥匙，脸上的表情有些意外，却没说什么。

他都不记得多久没有这样了。自从家里有了阿姨，母亲也不常自己去买菜了。父亲病了以后，母亲只让阿姨每天上午过来一个小时，煲上粥汤，简单地打扫一下卫生。周末阿姨不来的时候，母亲会去逛超市，除了水果、蔬菜、日用品，还会像小时候一样给他买零食回来。

他推着购物车，跟着母亲在来往的人群和眼花缭乱的货架之间穿梭。他原本想和母亲一路购物一路聊聊天的，可是进了超市，他才发现根本没有机会，超市里的环境从视觉侵占到听觉，他被吵得有些迟钝发晕，只好亦步亦趋地跟着母亲。好不容易付了款出来，提着东西和母亲上了扶手电梯，他很想说点什么，一时间却找不出话题，他不想再问父亲的病情，可是除了这个以外，他还能跟母亲说什么呢？

上了车，母亲坐在他旁边，"中午吃什么？"母亲扭过头看着他。

"啊，随便吧，什么都行。"他不想和母亲的视线触碰。真不知道自己为什么要跟着出来买菜，他似乎对母亲怀有某种愧疚的心情，是因为下午要跟那个女人见面吗？他脑子很乱，这么多年，母亲的生活里一直像平行线一样存在着另外一个女人，她真的毫不知情么？

母亲沉默了一小会儿，"要不吃面吧，西红柿打卤面，再来个蒜泥茄子。"说话的时候她没看顾铭，自顾自地说，"今天的茄子看着还挺新鲜。"

"好。"父亲不在，母亲的生活似乎一如平常，那个大杂院里的女人似乎也是，父亲的存在与缺席，究竟是在什么意义上影响着她们呢？

周日的路况不错，眼看着要到家了，顾铭努力搜索着脑子里的信息，作最后的尝试，"你今天上午去排练了？"他终于主动问出了一句话，但一出口便有种徒劳感。

"嗯。"母亲似乎完全没有察觉到顾铭的努力和尴尬。她平视着前方，顾铭余光看到母亲神色自若，不知道是在看路，还是在看别的什么。

顾铭有些懊恼，自己没做好准备，连和母亲聊天都进行不下去。他在心里轻轻地叹了口气。从前父亲在，尽管压得他抬不起头来，但母亲永远是明朗敞开的，和他有说有笑，高兴起来还会手舞足蹈。现在父亲躺在医院里，他反而在母亲这里不得其门而入了。其实，恐怕也未必是和父亲有关系的，也许只是他一直没有意识到罢了，他和母亲之间，像旱了很久的一块地，水倒上去，仍旧是干的。

不知道是不是车里的空气太憋闷，顾铭又开始头疼，阳光把车里晒得很暖，他刚才微微出了点汗，可汗却干不了似的，渐渐冷了粘在身上。他想把车窗打开，又怕风吹了母亲，只好作罢。

母亲向来很少生病。顾铭似乎根本没有母亲生病的记忆。父亲倒是有的，常常感冒，咳嗽，一口痰吐不出来，在厕所里翻江倒海。可母亲又是很娇弱的，吹不得风，淋不得雨，晒不得太阳，天气还没冷就早早套上棉服、手套、帽子一应俱全，洗手间卧室里的护肤品大瓶小瓶林林总总。

他又想起那个女人，那间小院，女人墨绿色的衬衫，微微凌乱的头发和素淡的暗色皮肤。她的手，手指尖长，却有着硬硬的纹路，女人转过身去，手指从后面捋着头发……顾铭感到一阵轻微的窒息。前面就到家了，他向左打方向盘，车拐弯进了小区，缓缓开到楼下，他停好车，挂上挡，轻轻吁了口气。

回到家，母亲很快把买的东西收起来，就进了厨房。顾铭坐在客厅里，犹豫着要不要进去帮忙。其实母亲向来是宠他的，有母亲在，他是很少需要进厨房帮忙的，他记得小时候母亲一边在厨房忙活，一边还会时不时地变魔术似的端出水果或者边边角角的吃食给他。顾铭抬起头，看着厨房里母亲的背影，母亲还是母亲，可为什么他感觉这样不同了。

不知道从什么时候开始，他和母亲常常相对无言，有衣食住行便是衣食住行，没有衣食住行便是沉默。母亲大概已经习惯了，她会自然地回到她自我呵护的套子里，做自己喜欢的事，看喜欢看的书，唱歌，看电视。顾铭觉得她背对父亲和自己时甚至是喜悦的，他始终对母亲这样的喜悦视而不见，可是现在不同了，他觉得自己迫切地想要走近母亲的身边，但就是不得其法。也许是时间太久，那层原本透明柔软的膜已经结了茧，熟悉杂着陌生，再揉着一重不可抗的惯性，层层裹下来，结实得似乎再也冲不破了。

他是如此后知后觉，如果不是有那间小院、那个女人，也许到现在他还没有意识到。他站起来，手在口袋里攥成拳头，他感觉到自己的手冰凉，嗓子也开始隐隐地疼起来。吃过这顿午饭之后，他就要去和女人见面了，他心里紧绷绷的，像有一个越敲越密的鼓点在催促着。

午饭吃到一半，顾铭就接到了老柴的电话。他皱了皱眉，拿起手机回到自己的房间。他也不是没有准备，可是这个老柴，为什么总是事事都要打乱他的节奏呢？

"顾先生，我们约定的时间已经到了，你打算怎么办啊？"电话那头老柴的声音听上去颇为不悦，表面上是责备的口气，却带着隐隐的得意，是料定了对方被将了一军逼到死角的那种掩饰不住的得意。

顾铭轻轻地带上房门，"是这样，我这边临时有点事，今天怕是不行了，但今晚我一定会给你一个答复。"

"你拖到今天晚上又有什么意义呢？我……"

顾铭不等他说完，主动打断，"你说了给我三天，那就是三天，做人应该言而有信不是吗？理论上三天还没过完吧？"

电话那头短暂地沉默了一下，老柴大概是被他呛得有些意外，"我就是提醒你一下，别搞错了。我可是过期不候的。"老柴似乎刻意修整了先前声音里刺耳的枝桠。虽然看不见，但顾铭能想象出他拿着手机，端起身架，敛着气息，一副冠冕加身自作端庄的样子。

"知道了，我会再跟你联系的。"顾铭冷冷地回了一句，没等老柴再说什么就挂上了电话，这个时候他也懒得去琢磨老柴那阴晴不定的心思了。已经够乱了，十几年不断打上去的一个个结，现在都被挤到这个下午打开，明明与他不相干，但是事已至此，他自己也成了一个打上去的结，被两边的绳子拽着，稍微一动便越拽越紧，紧得有些透不过气来。

他尽量平静地回到饭桌上，母亲已经吃完了，正准备站起身来收拾碗筷。看他回来便没动，"你最近在忙什么呢？没事吧？"

　　"没事。"他犹豫了一下要不要撒个谎搪塞过去，想了想还是决定不要，他不太相信自己，也不想在这个时候节外生枝，多一事不如少一事。母亲没有追问，只是关切地看了他一眼，"快吃吧，饭要凉了。"

　　顾铭吃过午饭，简单休息整理了一下就出了门。和女人约的是三点半，他不必这么早出门，可是他不想待在家里。母亲的存在和疏离让他觉得沉重不堪，事实上家里熟悉的一切都让他感觉沉重压抑。他能听见自己砰砰的心跳声，手指尖的冰凉一点一点地向下渗透到了手腕。他觉得自己好像发烧了，不偏不倚就在这个时候。他推开家里那扇厚重的防盗门，"妈，我走了。"门关上的那一瞬间他觉得自己好像听到了母亲的回答声，其实也可能那只是他的错觉，不管怎样，他已经出来了。

那个女人

他没开车，而是走路去坐地铁。地铁站里人不太多，可是上了地铁依旧很挤。这样在人群中挤压着，让他昏昏欲睡，紧绷的弦反而放松了。

出了地铁站还要走一段，顾铭辨了辨方向，就朝着一条街走了过去。天难得地在灰云之间露出一块一块的蓝，不知道为什么，他总觉得南城这里的天似乎矮一些。同样是灰白混着灰蓝的天色，这里的天空像洗了很多次的厚床单，比别的地方软塌，看得久了，既是放松，也是懈气。最近顾铭每次来这里都希望是最后一次，直到昨天，甚至直到现在他也这样希望着。

他就这样浑身发冷头发热地站在南城的这片天空下。前面不远处几栋铅蓝色的楼，其实大约也就七八层，映在这样的天色下却显得很高，再走近些，就看见这些楼的外墙大约是新刷了漆后又剥蚀了一层，在新不新旧不旧之间极费力地挣扎，顾铭看得有些难受，便低下头去。他觉得身体有点发冷，把外套拉紧了些，又走了几步，心里觉得有些异样。他再抬头看，这里的楼，还有楼前面那些叫不出名字的树的形状，看起来有些眼熟。顾铭朝那一片居民楼走过去，这是再平常不过的居民小区了，他确信自己从没有来过，为什么会觉得眼熟呢？

他看了看表，快到三点了，女人和他仍旧约在了上次那家麦当劳，估计还要走十来分钟才能到。好吧，就这样吧，他咬了咬牙。

进门之前，他看了看表，三点一刻。虽然不是午饭时间，大约因为是周日，麦当劳里人不少，三五成群地在玩具式的木头桌椅里散乱地坐着。他刚一推开那扇玻璃门，喧闹欢腾的音乐声立刻像海水一样涌上来将他淹没，还有满眼红红黄黄的招牌餐纸、餐盒、广告招贴。

就在这卡通的节日欢乐场中，他看见了她，一个人半低着头坐在一个隔出来的靠墙的角落。女人面前的小圆桌上放着一杯饮料，饮料后面她半侧着一张脸，凝神坐着，一动不动。她似乎在想什么，想得出神，好像身边鼓噪着的一切都与她无关，也看不出她的脸上是失落还是悲伤，只是沉静，而那沉静似乎在向外蔓延扩大开去。顾铭站在门口，隔着几张餐台几个吃吃笑着嚼着汉堡和薯条，蘸着番茄酱，带着大

相见欢

包小包购物袋的中年或少年孩子，看着女人静默地坐着，仿佛隔着一片安静的水帘，水静默无声地流下来，外面的一切渐渐没了声音，也模糊了颜色。

女人抬头看顾铭的时候，顾铭正朝她走过来。她看见顾铭的一瞬间，眼光动了一下，随即又收了回去，很克制地扬起眼睛和两边的嘴角，客气地微笑，"啊……来啦，你要不要……先去点点儿东西？"她一边说，一边在椅子上微微挪了挪身子，仿佛要让出更多的空间来，说完她还探路似的向点餐台那边看了看。顾铭答应了一声，这是他们都需要的缓冲吧，他朝着女人礼貌性地点了点头，转身朝点餐台走去。

音乐又开了闸漫上来，一个沙沙的男声攀爬兜转地唱着《爱爱爱》，顾铭端着一杯红茶走回来，坐下才发现女人面前摆着的也是一杯一样的红茶，"没想到你来得这么早。"他两只手轻轻地捧住茶杯，很烫，其实他也没想到自己会这样开场。

"哦，也没早多少。上次不好意思，害你白跑一趟。"女人欲言又止，"其实，我……"她轻轻地叹了口气，抬起手将一边的碎发捋到耳后，"我知道你一定有很多的疑问，你问吧，我尽量回答。"她抬起眼睛看着顾铭，音乐声流转，男声又唱起来，"……不明不白，不知好歹……爱——爱——爱。"

"啊……嗯……"顾铭打开茶杯的盖子，轻轻地放在桌子上，手指下意识地来回在茶杯盖子的边缘摸索，这东西的材质似乎介于纸和塑料之间，柔软却锋利。女人看起来和上次见面时有一点不同，仍旧是暗色的皮肤，却像宣纸用水色打了底一般泛着一层更为暗淡的金色的光，她的眉毛很淡，眼睛长长地铺在两边，眼珠在眼皮下面微微凸起，看上去有些疲惫，也许是束了头或是别的什么缘故，脸部的轮廓硬朗明晰，颧骨也显得有些突出，沿着眼角向脸两边平扫出去，将脸上扫出一种奇特的茫然和萧索，鼻子、嘴巴和两颊一路都在颧骨扫出的寥落之下，高高低低地现出素描一般的阴影，她一眨眼，那些阴影似乎也在微微颤动。女人看着顾铭，眼睛里的光像找不准焦距一般时而清晰时而模糊，她的嘴唇轻轻地动了动，却并不是因为紧张或焦虑，而只是顺从着内在的某种节奏。她似乎有某种不一样的节奏。

离得这样近，顾铭可以清楚地看到她略显干燥的皮肤，和眼角唇边细小但清晰的皱纹，她看上去大概四十岁上下，身上却有种与年龄不相符的迟滞感，也说不好是年轻还是苍老，总之是一种奇特的时间行进异常缓慢甚至近于静止的力量，这种迟滞感从时间蔓延到空间，以至于她和周围的环境都有些错落着了，在那个凌乱的小院里是，在这间明亮而刻意幼稚的麦当劳里也是，不知道为什么，她似乎就是有这么一种空空茫茫无所适从而又顺其自然无所畏惧的力量。

红茶的热气氤氲而上，顾铭身上又是一阵发冷，眼前似乎还有几个金星冒起来，衬着嘭嘭的音乐声，眼前的一切有些不真实，又似乎更真实起来。如今他的眼睛看到的，就是当年艺术家父亲的眼睛看到的么？

"我父亲他……"顾铭用力眨了一下眼睛，视网膜上一片散落的金色，"你应该很早就知道他是有家庭的吧？"他原本以为自己会问得委婉一些，没想到冲口而出的竟然是这一句。

女人似乎并不以为意，"是，我知道，你父亲他告诉过我。我知道他有家庭，有孩子。"她停了停，并不等顾铭问下去，接着说道，"我和顾老师……其实……顾老师是个好人。"她说话的时候，眼睛盯着面前的那杯茶，似乎是陷入了回忆，又或者只是她特有的迟滞节奏。

"我认识顾老师的时候是我人生中最艰难的时候，他帮了我很多，"她抬起头看了顾铭一眼，顾铭本能地想躲开她的视线，但女人目光坦然，眼里的黯淡看起来毫无防备，"我的情况，不知道你知道多少。我离婚的时候孩子还很小，我前夫……受了工伤，厂里基本上发不出工资来……"她微微垂下头，似乎在整理思绪，"我就是在那个时候遇到顾老师的，我们……"她的头又向下低，顾铭看得到她抿着嘴唇，像在努力下着决心。

"你和我父亲……是怎么认识的？"女人口中的顾老师，应该还是当年那个头发浓密、爱喝黑咖啡的艺术家。艺术家和工厂女工，顾铭不愿意想下去，索性直接问出来，他今天反正是一定要弄个明白的。

"其实也没有什么，"女人抬起头，脸上的表情仍旧淡淡的，看不出是怀念感伤或者别的什么，"那时候我周末只能休息一天，常带着女儿去一个公园玩，就在那儿认识了顾老师。"她突然回答得很流畅，似乎是早就想好的答案。

公园，顾铭有些意外，就是一个公园，一个带着孩子的女人，艺术家走上前去……顾铭端起红茶喝了一口，还有点烫，怎么打开盖子放了这么久还这么烫，一口热茶从胸口穿过，他觉得身体不知道哪里沁出了细汗。父亲周末一个人去公园，他努力回想，父亲的确有散步的习惯，早起，午后或是傍晚，常常随性而起，并没什么规律，他从来没想过父亲会去离家这么远的一个公园散步……除非父亲就是想远远地离开，离开他熟悉的一切，那时候他们应该已经搬进了现在的两层居室，自己应该在上高中，已经和艺术家分开，住在楼下了，艺术家要摆脱的是什么呢？是母亲？艺术家厌弃自己，难道也厌弃了母亲？或者恨屋及乌？他们至少看起来是和睦的，即便偶尔有那么几次意见不合，却是连争吵都不曾有过的，又或者他单纯就是在某一个时候感到厌倦了，像很多人一样。

不过……这样说来，那女孩儿就和艺术家没有什么关系了。巴千山所说的最坏的情况，现在看来已经不需要担心了，但顾铭没有丝毫如释重负的感觉。

"我从来没想过要去破坏什么，或者一定要得到什么。这些年，顾老师帮了我很多，我很感激。你放心，我不会……打扰到你们的生活的。"女人干燥得几乎要冒出烟来的声音在嘭嘭的音乐声中飘了过来，顾铭定了定神。女人正看着自己，她的眼神里有种东西，说不清的，似乎混合着顺从和不甘、放弃和坚持、柔软和坚硬的某种东西，缓慢地向外释放着。

"感谢你的出——现，过去的往事就如——烟……那份爱没实——现，幸福就在我们之——间……"男声仍旧沙沙地飘荡着。

身体里的冷战一个接着一个，顾铭一只手压住另一只胳膊，他觉得有半边脑子甚至半边身体像冻住了，没办法思考和反应。为什么偏就是在这种地方，在这种花里胡哨的、连个像样的椅子都没有的地方，父亲十几年的隐秘情人对自己说她不想也不会打扰到他的生活？

他觉得荒谬又无奈，不由得鼻子里冷哼了一声，"有没有打扰，可不是你说这么两句话就算的。"她的存在隔了十几年被发现，就拿着这样无辜老套的说辞来搪塞，她难道真的以为这一切只是碰巧？"你应该知道这事儿没这么简单，况且也不是我要找你，是有人先找上我的。"

女人抬起眼皮看他，眼睛里的光似乎比刚才松弛了一些，更显得疲倦，她的眼珠缓缓动了动，随即垂下眼皮，脸上的阴影轻轻颤动，"你是说老柴吧？"她又抿了抿嘴，"我知道他去找过你。我也跟他说过，不要去找你。我会再跟他说的，毕竟这是我自己的事。"

女人这样轻描淡写，仿佛夹缠不清的一切在她这里原本就只是再简单不过的一件陈年往事，一个用橡皮擦两下再吹几下就消失不见的误会。顾铭觉得头阵阵发晕，身体被一股不可思议的愤慨鼓胀着，他甚至能感到额头的热在向上蒸腾。

"你知道老柴找过我。那你知道他为什么找我么？"顾铭连打了两个冷战，不由自主地提高了声调。

女人的眼睛微微睁大了一些，目光中的模糊似乎也放大了，"他说他可以帮我说说，有些事我可能不方便出面……"她又低头捋了捋耳边的头发，"不过我们既然见面了，也就没有必要再让他掺和进来了。我……"她的手顺着耳朵的轮廓，脖子肩膀，一直落到她身上那件米黄色连帽罩衫的帽带上，绊了一下，又跌跌撞撞地向下，两根手指碰到桌子，随即轻轻搭靠在桌边，犹豫了两三秒钟，继而又松松地落下，"……我会跟他说清楚的。"

女人的样子并不像刻意做出来的，然而她这样毫不避讳的口气仍然让顾铭觉得不可思议，巴千山的声音响了起来，"……老爷子躺在医院里了，估计是断了进项，所以才在这个时候里应外合来这么一出仙人跳，这事儿不明摆着么？……

相见欢

那种胡同里生大杂院里长的……什么下三滥的招数使不出来啊？……真要是良家妇女，能干得出这么不要脸的事儿来吗？"

顾铭心里一阵烦躁，他端起茶杯喝了口茶，巴千山说的未必尽然，但今天他必须要问个清楚。想到这里，他一边探身放下杯子，一边冷冷地说："我冒昧地问一句，你和老柴是怎么认识的？"

"他从前和我们是一个工厂的，我是说，我还有我的前夫，"女人似乎并未察觉到顾铭的变化，平静地诉说着，眼睛里依旧模糊，"那时候我的前夫出了事故，半条胳膊被切断了，办了病退，多亏老柴……他一直都很照顾我们。"

她的口气听起来和刚才提到顾老师帮了她很多并没有什么太大的不同，或者说如出一辙。她似乎对这样的暧昧含混浑然不觉，身边一个、两个、三个男人，帮助她，照顾她，她一律感激，一律维护，一律神态自若，甚至完全不觉得有区分彼此的必要，一切理所当然。他觉得女人应该是没有说谎的，连区分都懒得区分，哪里有必要说谎。艺术家真是眼光独到，而他自己呢，则是状况还没搞清楚，就将钱和画准备好了要献出去……

到了如今的局面，他也没必要再顾忌什么了。"这么说，你们很熟喽？他能帮你说和，也就是说你的事他都知道？"

女人目光平平地荡过去，一直穿过那张白木圆桌和两杯红茶，"我们以前是一个厂的，又是十多年的老邻居。"她说得很轻很慢，声音里似乎有时断时续的缝隙，仍旧是淡淡的口气，听不出情绪，但不知道为什么，顾铭觉得女人在一边说话，一边斟酌挑拣字句。

"老柴是个热心人，他也是替我着想。你不要误会……我希望今天我们见面之后，这件事就可以了结……"是，她的确在挑拣字句斟酌用词，不过不是因为害怕说错什么而小心翼翼，只是专心地挑拣，就像在商店里拣选衣服，或者别的什么，这个……不合适，这个，唔，还行。"……我是说，我尽量回答你所有的疑问，但我希望过后这件事就可以了结……"她抬起头望向顾铭，眼里的光有些呆滞，仿佛她对面坐着的不是一个人，而是一片风景，又或者一棵植物。

顾铭被激怒了，"了结？你知道我们家老爷子还躺在医院里，你现在说了结？这是人走茶凉的意思么？"顾铭觉得半边身体在愤怒，另外半边身体则在远处看着愤怒的自己——你愤怒什么，你所期待的不就是一个了结么？你难道在替艺术家抱不平么？

女人两条烟一般淡的眉毛向上扬起，微微蹙了蹙，她似乎有些费解又有些吃力地看着顾铭，"我也不是不担心顾老师，但是我能做什么呢？我说过我不会去破坏什么。顾老师……他也跟我说过，如果他有这么一天，他希望我可以继续平静地生活，不要……"她的声音带着坎坎坷坷的拗折，

相见欢

"总之，你希望我做到的我会尽量做到，不会……"

"那好，我希望你能诚实地告诉我，我父亲有没有什么东西放在你那儿？我是说，不应该属于你的东西。"

女人的眼光微微动了一下，"你说的是……"

顾铭直直地看着女人，"我说的是东西，我父亲看重的、有价值的东西。"

女人垂下眼睛，低低地看着眼前还没动过的那杯茶，"顾老师的确送给过我一些东西，我刚才已经说了，这么多年，他对我很照顾。"她双手抬起来交叠搭在桌子边缘，舔了舔嘴唇，轻轻吸了口气然后缓缓地说，"那些东西，我也不知道你指的是什么，如果有你觉得有价值的，想要拿回去，我可以尽量找出来给你。"她说得很平静，既没有愧疚也并不刻意遮掩，这些东西啊，我不知道你想要，既然想要那就拿去。她好像没有太多常人利益当前的切身之感，木然的样子仿佛事不关己，只作壁上观，平静淡漠的口气像对付无理取闹索要玩具的孩子，我答应给你了，给你就好了吧？可以不再闹了吧？

这样的轻视让顾铭感到恼火，自己咄咄相逼，她却如此安然麻木。顾铭觉得费解，似乎没有什么能触到她的悲和喜。不过他眼下没有时间想这些，既然女人这样说了，他自然要追究到底，"我父亲有一方印石找不到了，是在你那儿吧？"

女人眼光掠向一边，想了想，"印石是有，不过不知道

180

是不是你说的那一块。"她的神色语气都带着些空茫，里面或许有什么无法看破或穿透，或许即使穿过去，仍旧是空茫。

这是装糊涂讨价还价么？顾铭咬了咬牙，既然看不透，就当它是吧。好，那索性就说清楚，他想起趴在石头顶上的那只小小的兽，阳光下的焦糖色像要融化，想起自己关在屋里拿着刻刀在石头上一笔一笔刻出泛白的痕迹……他额头又发热了，眉骨之间隐隐地痛，他想冲她说，就是那块印啊，就是他送给你的那一块瘦山痴人石印。可是话到嘴边，他的眼前忽然闪过那张"瘦山痴人"阴文印章的照片，那是老柴最初作为证据给他看的，小小一方篆字印在纸上，朱砂印泥里有迟滞暧昧的留白……他不想说了，他不想说出那四个字，他什么都不想说了，"除非你还有别的，要不然应该就是了。"顾铭说得很快，他能听见自己声音里的敌意和愤怒。

女人却只是轻轻地点了点头，放在桌子上的手指也跟着动了动，"好。除了这个，你还有什么想问我的么？"她眼里的疲倦更深了，除了疲倦，还有涣散。

谈话进行到这里，似乎远比顾铭想象中的容易，却又让他觉得异常艰难。印石可以拿回来，别的如果还有什么，他也可以拿回来。但别的还有什么呢？就算他能一一查对出来，一一讨要回来，又能怎样呢？东西原本就不是他的，艺术家愿意给她，自己又能站在什么样的立场去反对呢？何况他根本也没有这样的意图。他甚至越来越搞不清楚自己的意图了，

相见欢

不知道是不是发烧的关系，顾铭觉得原本清晰的是非对错开始变得模糊。

顾铭看着眼前的女人，忽然想起父亲，躺在医院病床上已经气息微弱的父亲，上一次见面，父亲有片刻的清醒，睁开的眼睛望向顾铭，父亲是认出了他的，他从父亲流出的目光里感觉得到，但除了这个，他感觉不到别的什么，似乎是有的，但他感觉不到。父亲那样看着他，他不习惯父亲那样的目光，好在父亲看了一会便重新闭上了眼睛，也许睁开眼睛看人让父亲觉得累，也许只是因为看到他觉得累，顾铭无法分辨。他也无法理解父亲那样的目光，艺术家会知道自己发现了他隐藏了十几年的秘密么？和他的秘密情人就在这样一间装潢轻俏的快餐店里伴着轻腻华丽的流行歌曲尴尬地讨价还价，"哦，耶……love, love, love……"他们曾经这样相对而坐在这间麦当劳里像其他情侣一样喜悦地吃着快餐喝着红茶么？艺术家向来对快餐不屑一顾，他会为了女人迁就转性么？他现在已经没有什么事是笃定的了。女人这样令人费解的茫然、疲倦、心不在焉，也许正是艺术家珍惜流连的？

顾铭不愿意再想下去了，他及时打住了自己的思绪，现在不是想这些的时候，他还有很多疑问没有解开，他忽然想起了巴千山提到的老柴的那个笔记本，"一笔一笔地记得可清楚呢"，他手握住茶杯底座，慢慢地来回转着，老柴显然是很早就知道他们的事了，想到这里，他放平了语气，不疾不徐地问道："那老柴是怎么知道我父亲的，是你告诉他的？"

女人轻轻地摇了摇头，"我和顾老师认识了很长一段时间，我都只知道他是搞美术的。顾老师……他也不常去我们那里，不过有一次他来，老柴看到，告诉我，我才知道他原来那么有名……"女人说话的时候始终没有看向顾铭，似乎陷入了回忆。

原来是这样。老柴既然能认出艺术家，想必不会轻易放过，从此以后留了心，跟踪也好，打探也罢，总是可以找到蛛丝马迹。他能耐心等到老爷子病倒了躺在医院里再出手，也算是处心积虑，谋定而后动了。顾铭想到这里，又接着问道："老柴他知道你今天来跟我见面吗？"

女人又摇了摇头，"我没告诉他。我说了我不想让他再掺和进来了，你也别见怪，他是好心，我不知道他都跟你说过些什么，不过你不必放在心上，他这个人就是这样，有的时候说话不留余地，其实人是好人。"

人是好人。顾铭听着这话觉得格外刺耳，女人再三强调这一点，似乎真的对老柴的敲诈不知情，但这仍旧于事无补。即便他明明白白地告诉女人老柴背后的算计，指望她去阻止老柴也是不切实际的。女人这样无法聚拢、无法依托的存在，根本不足以去对付任何人，老柴大概也是看透了这一点，才无所顾忌。

相见欢

　　顾铭突然觉得很累，也许是因为心里的愤怒和困惑渐渐散了，疲惫一下子就涌了上来。来这里之前他心里积攒了太多疑问，甚至昨晚一整夜都在纷乱不堪的各种梦境里挣扎，可到了现在，这些疑问已经消去了大半，并不是有了答案，只是不再有问的必要。

　　顾铭想起最后一个问题，无论怎样，还要确认一下。他举起茶杯，把剩下的茶水一饮而尽，他觉得浑身都有些发冷，冷里面又蒸出热来，这让他愈加觉得渴。他把杯子放回到桌子上，舒了口气，问道："你前夫……他，你们还有联系吗？"若是女人的前夫和老柴有往来，即便现在没有出现，以后也可能来找麻烦。

　　女人很疲惫地眨了几下眼睛，沉默了一两秒，说道："他已经不在了。我们离婚以后没几年，他就生病过世了。"

　　顾铭心里一惊，抬头去看女人，女人脸色平静，像说着完全不与自己相干的事情，"那时候他受了工伤，心情不好，常常酗酒……后来得了肝癌，没多久就走了。"她只轻轻地吁了口气，脸上依旧空空茫茫的看不出什么，仿佛过往她经历的一切，就连这生离死别，都是隔岸的灯火，而河面上起了漫天大雾，一切都空空茫茫，看不清楚。

　　女人看了看表，说时候不早了，要回去给孩子准备晚饭，说完顿了顿，便站起身来。顾铭随后也站了起来，他把自己面前的空茶杯顺手拿起来扔到了垃圾桶里。

女人和顾铭先后推开门出来，女人站在门口又顿了顿，"那，就再见了。"女人的笑容似乎有些尴尬，或者是觉得外面的光线有些刺眼，她微微眯着眼睛，牵动了脸上的肌肉有些不自然。

"好，再见。"顾铭和女人朝相反的方向各自走出去，走过麦当劳的玻璃橱窗时，顾铭不知道为什么回头看了一眼，隔着玻璃他看见女人点的那杯茶，仍然放在角落里的那张小圆桌上，从始至终都没有动过。

相见欢

紫藤

　　第二天中午，顾铭特意请了假，出来见老柴。早上他给巴千山打了个电话，说他还是决定自己处理这件事情，巴千山急得在电话里嚷嚷，说上次不是说好了等一等嘛，怎么又这么着急了呢？顾铭没多作解释，只说谢谢他帮忙，不过这件事情到此为止，不必再查，也不必再追究下去了。巴千山在电话那头悻悻地哼了几声，知道顾铭语气坚决，也就作罢了，答应把钱转给他，只是最后还不忘嘱咐一句，"你自己小心点儿啊，搞不定给我打电话。"

　　外面风很大。呼呼地一个劲儿地刮，让顾铭想起小的时候，他印象中小时候的秋天常常像今天这样没完没了，没心没肺地刮风。风很硬，一下一下地刮着，硬是把那层灰腻子给刮散了，露出了天蓝色的底子，不知怎地他忽然想起巴千山在发票上使劲儿刮，看能否中奖的样子，巴千山每次吃完饭结账之后必定要跟服务员要发票，要到了发票就开始掏出钥匙来刮，一下一下地很用力，晃得一整串钥匙哗啦啦作响。他知道巴千山对自己很不满，还不知道要落他多久的埋怨，不过他顾不上这些了，如今他好像并不在乎，换了从前他是不会这样的。

经过了昨晚，他的烧基本退了，但仍觉得头重脚轻，风一阵紧似一阵地吹过来，他更觉得整个人有些飘忽。他背着黑色旅行包，站在公园门口等老柴。他向马路两边看着，等了十分钟都不见人来，约好的时间已经过了。他心里暗暗骂了一声，就在这时，身后忽然传来一个声音，"哟，小顾你早到啦。"

顾铭回头一看，老柴正溜达着从公园里转了出来，他两只手插在上衣口袋里，看见顾铭，下巴向上抬了抬，熟人似的打着招呼。小顾，怎么听起来这么别扭，老柴从来都是称呼自己小顾先生的，这次却特意省了两个字，还做出这般亲切热络的样子来，他觉得已然大获全胜，即将摘取胜利果实了吗？

顾铭心里想着，表面上却不露声色，"柴先生，怎么你是在这儿上班吗？"他也向上微微扬了扬下巴，指着公园的方向。

老柴一怔，眼睛里的光顿时暗了，五官紧跟着阴沉下来，不过就像阳光在云层间瞬息变换，他脸上又迅速阴转晴了，

相见欢

眉、眼、口、鼻重整旗鼓，聚拢成一个夸张的笑，"哎呀，我说小顾你说话真是风趣啊。我倒是想呢……呃……"他继续勉力地笑着，"呃……我们还是进去找个说话的地方吧。"

老柴一边说，一边朝顾铭靠过来，伸出胳膊像要揽着他往公园里走，眼睛却飞快地瞟了一下他身后背着的黑色旅行包。

顾铭下意识地向旁边闪了一下，抬手捋了捋背包的带子，"好，你先走，我跟着。"

老柴扭过头来，看了顾铭一眼，眼里的光狡黠地闪了一下，随即漾出温暖的笑意，"哎，我说，你玩没玩过那个游戏啊？"他说话的口气很是亲切，像极了老朋友之间的叙旧拉家常。

游戏？顾铭心里警惕着，好端端的又说什么玩游戏，这家伙到底要唱哪一出？

"哎呦，你那么紧张干什么？"老柴一边走，一边笑呵呵地说，"就是那个，叫什么……信任游戏的，一个人站前面，一个人站后面，前面的人背对着后面的，向后去。玩过吧？"他一边说一边伸手在空中比划着，无形中放慢了速度，跟顾铭并了排，"唉，就这样……"说着，他抬起肚子，朝上一顶，身体也向后仰了过去。

以老柴松弛走形的圆胖身躯，像这样大约三十度的前撅后仰已经算是大开大阖了，看他这样大开大阖东拉西扯，顾铭有些莫名其妙，但看这家伙的神色，似乎话里有话，没那么简单。顾铭不知道他这戏剧化的活泼里埋了怎样的伏兵，见招拆招吧。他没说话，只摇了摇头，这个信任游戏他倒是听说过，却从没试过。

果然，老柴得意地瞟了顾铭一眼，咧开嘴似笑非笑，"我猜小顾你啊，肯定就是想也不想直接往后倒的那种……"他伸出一根手指，在空中转着圈，圆胖的脑袋以下巴为轴轻轻画圆，划了两圈便打住了，脸上含定了那个暧昧不清的笑，眼睛瞥向顾铭，那意思是在等着顾铭接下去。

看他那一副轻侮狎昵的姿态，顾铭当即沉下脸来，冷冷地看着老柴，"哦？何以见得呢？"

"你看看你嘛，"老柴好像根本没注意到顾铭的反应，仍旧嬉皮笑脸地说，"从我们第一次见面到现在，每一次见面的地方都是我选的，熟悉的不熟悉的，你都跟着我去了，今儿这公园又是我的地盘……当然了，我们这种人也只配占这种地盘。"说到这里，他的脸上飞速掠过一丝冷笑，不过很快又换上了一副亲切的面孔，"可是小顾先生你也还是跟着我来了。呵呵，你就不怕我把你给卖了……哈哈……"他仰起脸来笑得甚是畅快，就这样在公园的石板路上边走边大声地笑着，旁若无人。

顾铭觉得自己浑身的刺都要竖起来了。这是在报复他了，不过说了一句他在这里上班，就引来这么一大串曲折回环的报复。难怪人说，宁得罪君子，莫得罪小人。顾铭想到这里，把心头的怒火努力向下压了压。他见过老柴太多的面孔，狡猾的、妩媚的、说一不二的、卑微的、落魄的，还有今天这样嚣张的，也算开了眼界了。想到这里，他深吸了一口气，既来之，则安之，面对这样睚眦必报的家伙，还是不要因小失大为好。

顾铭一路跟着老柴，沿着公园弯弯曲曲的小径走到了一片掩盖在藤蔓之下的回廊。回廊那里原本就是僻静之所，再加上是周一上午人本就不多，一眼看过去，仿若无人。

回廊顶上缠满了藤条花枝，在远处就能看到一片一片的紫藤垂下来，顾铭只知道紫藤是初夏时开的，没想到了入秋时分仍然开着，不过走得近些就能看出疲态了，白色、紫色一串一串的都像过了水又草率阴干了的，蔫耷耷皱巴巴地泛着旧照片似的黄。刮了一上午的风，到了这个时候终于要偃旗息鼓了，不过仍有意无意地掠过垂吊下来的花枝，透过颤颤巍巍的枝条显示着最后的一点不甘。顾铭跟着老柴从一个月亮门走进去，长廊里面一个人也没有。老柴随意在空中划了一下，"请坐哈，这里也算是天然的雅座，不辱没了小顾先生你吧。"

顾铭抬眼向四周看了看，这里几乎处处留有人工修整的痕迹，不知道他所说的天然从何而来。顾铭也没说什么，老柴这家伙气势正盛，先不跟他硬碰就是。他找了个比较透光的地方坐了下来，把黑色旅行包放在手边。放下包的那一刻，他的手指摸到了包里的书画盒硬硬的边角，一瞬间他又想起父亲，他仿佛看见父亲就在这样的公园里徘徊，手轻轻地搭在女人的后背上，看见他拿起毛笔沾着颜料喜悦地勾画年轻蓬勃的美人脸，看见他把画在桌子上一点点铺开，细细赏玩再慢慢地卷起放回书柜……

这些画面突然地在他眼前出现又消失，他发觉自己仍旧平静。他放好包，回身坐下，一阵微风吹过来，摇曳着的花枝传过来一阵混合着草叶味儿的干涩的花香，他忽然觉得心里很踏实，他好久都没有这样的感觉了。顾铭正有些疑惑这感觉从何而来，却听见对面的老柴开口了。

"啊……那我们就谈正事吧，你该带的东西都带来了吧？"说着，又瞟了一眼顾铭身边的黑色旅行包。

顾铭不动声色，一边看着老柴，一边体会着自己这突如其来的平静。老柴坐在长廊靠外的一边，身后一片紫藤花枝垂吊下来，他穿着一件肉红色的夹克衫，映在透着光的一片白紫相间的花帘之下，眯起眼睛看去，像极了一尊金装灿烂的神像，不过细看之下仍旧是凡人，肉身懈怠，脸上皱纹眼袋的阴影交替变换着，一阵急迫，一阵从容，一阵滑稽，又一阵庄重。顾铭看着，忽然之间明白了自己的处境，听到老柴的发问，他只嗯了一声，顺带点了点头，便不再说了。他决定以逸待劳。

相见欢

"那……那很好，啊……小顾你言而有信，这……很好。"老柴一边说话，脚下一边轻轻地抖着，显然有些紧张。

顾铭不说话，静静地看着老柴，等着他继续说下去。

"嗯……你……"突然间老柴仿佛意识到了自己的窘迫，对局势的反转很不满意，于是迅速调整战略转换攻防，只见他突然严肃了起来，微胖的身躯努力向上挺直，"嗯"，他端平肩膀，一本正经地清了清嗓子，像在宣布要清掉自己之前不满意的表现，从头再来。

顾铭仍旧只是看着他，一言不发。

"嗯，小顾啊，东西你都带来了，我们就交接一下吧，这也就……了结了咱们这桩事哈。"老柴说完，抬起两只手来，象征性地捋了捋后脑勺的头发，也许是他的后背挺得有些过了，身体甚至挺出了曲线，两只手从脑袋后面滑下，粗圆的颈背随之向上牵引，脚下原本岔开的两腿也自然合拢，紫藤花帘轻轻摇曳，他明明坐着没动，却仿佛只差一阵轻盈参差的京胡鼓板，那圆粗矮胖的身体里便有婀娜的韵律呼之欲出了。

顾铭定了定神，他瞥了一眼身边的黑色旅行包，"柴先生要的东西我的确是带来了，画在这里，卡在我身上。钱已经存好了，取现或是转账都可以，不过……"

"不过什么？"老柴两腿霍地分开，向前略略俯身，急切地问到。

"不是说一手交钱，一手交货吗？我这——"顾铭故意放慢速度，拖长了语音。

"嗨，这你大可不必担心，"老柴挺回了身子，"你言而有信，我老柴难道是说话不算话的？"他脸上重又张起胜利者的微笑，"我虽然读的书不多，但也知道这世界是讲规矩的，仁义礼智信——"他伸出一只手切菜似的打着节奏，"哎……到了什么时候也大不过这些去。"他说着又向前探了探身子，收敛了笑容，"咱们这是君子协定，既然达成了共识，那就得守约。我今天把话放在这儿，今儿个完事之后，之前那些就都跟粉笔字一样全抹掉了，我老柴绝不会再提半个字，跟谁都不会。"说完他又扬起一只手，颇为慷慨激昂地应和着下巴一同向外甩出去。

顾铭看着老柴，只浅浅地笑了笑，"我要是不相信柴先生，今天也就不会来了。不过……"他又停了停，"我呢，也要把话说清楚。"

他瞥了一眼老柴，见老柴一双圆眼睛正带着几分紧张地瞧着自己，心中更是拿定了主意，"这件事儿从何而起，想必柴先生很清楚。我跟柴先生你明人不说暗话，这样的事虽然放在谁身上都不愉快，但是说开了其实也没什么大不了的，我父亲是搞艺术的，艺术家嘛，有点风流韵事不算什么，说好听了还是一段佳话，柴先生熟悉话本，这样的故事也不少吧？"

相见欢

说到这里，顾铭换了口气，老柴两道粗眉微微皱起，脸上似乎还没决定是什么样，嘴角肌肉扁下去像不满，提起来又像同意。

顾铭不动声色，微微调整了一下坐姿，接着说下去，"至于说我母亲，她一向大度明白事理，即便知道了也未必会怎样。当然了，我们为人子女的总还是要替长辈尽点心的……"他不由自主地想起巴千山的样子，不得不说，现在这些话多少受了巴千山的启发，他执意不听巴千山的劝阻，正因如此，才更要避免被巴千山说中，避免真的成为一场无底的敲诈。

他早上出了门，心神不定地上了半天班，在出版社楼下的小饭馆里随便吃了几口面条，直到公园门口，他都没想好要怎样去面对老柴。但他对自己有信心，虽然不知这信心从何而来，他甚至也没有察觉到它从何时开始一点一点凝聚，直到老柴把它说了出来。

是了，就是在那一刻，老柴不甘心地拿他打趣，莫名其妙地说起什么信任游戏，嘲笑他会直接朝后倒下去，因为他盲目单纯地相信着站在身后的人会接住他，老柴笑他笑得肆无忌惮，而他被激得怒火贲张，他的信心就是在那一刻成了形。

他是突然明白的，如人们所说的顿悟。他非常确定地感觉到了自己的信心，他对自己有信心，他相信他所看到的，虽然巴千山要是知道了，一定会像老柴一样笑他单纯幼稚书生气，但这些都不重要了。他相信那个女人说的话，他甚至在某种意义上也相信老柴，老柴带他去过的地方，见过的人。好像头一次，他相信自己有力量可以改变什么，这样的感觉让他浑身轻了下来。他坐在老柴对面，看着他得意扬扬地坐在紫藤花下，双脚轻轻地抖动着，他清楚地感觉到从鼻子一路向上到额头的松快舒张，感冒似乎都在退却了。

这件事从开始到现在，他一直觉得自己只是因为躲不开的血缘才被无端卷入，但现在他明白了，完完全全地明白了，这件事不论因何而起，都再确切不过地是发生在他身上的，他经历了兜兜转转的每一步，那便是和他有关的，是真真切切的他的生活。反而是父亲，不论是当年头发浓密的艺术家，抑或是现在垂垂老矣的病人，都成了渐行渐远的模糊背景。女人也是，她和她的小院，她的故事，她的过去和现在，也都是这画板上辽远的背景，就像那张照片里的她和父亲一样，只是模糊的背影。

也正因如此，他才有可能真的改变什么，而他也的确想要改变，他要把巴千山口中十足的地痞流氓的敲诈勒索给翻过来，这么久以来的缠斗不已，让他不胜其烦，直到现在他才终于可以确信，他是可以让结果有所改变的，他也是唯一可以让这个结果有所改变的人。所以他决定釜底抽薪，让这件事不再有被敲诈勒索的理由，他知道他可以做到，他只需要等待合适的机会。

相见欢

所以他静静地看着老柴，心里暗自琢磨演练，直到将这番话说出来，才觉得自己突然的顿悟与醒觉是真实的，但到这一刻再回想从前，又觉得一切好像一场梦。他听见自己的声音接着说："所以今天这些……画也好钱也罢，不是什么封口费，而只是……和柴先生你交个朋友。这一段时间以来，我也算是长了不少见识，这都是拜柴先生所赐啊……"

老柴不知道什么时候咬起了嘴唇，他浑身粗圆，五官也都生得粗大急躁，只是这一张嘴长得斯文，现在这样咬起来连一点斯文都不见了。他眉头拧起又展开，眼睛下面黑黑的两个眼袋阴影闪动，眼睛里的警觉和惶惑倏忽间退了下去，退到颧骨再到两颊，最后停在嘴边，勉强挤出个笑来，"啊，这个嘛，你也太客气了……哪轮得到我带你长见识啊，你这也太抬举我了……这……你这说得我都不知道说什么好了……呃……"

老柴嗯嗯啊啊地顿挫了几句之后，迅速复原，不但神色平静下来，而且微微晃了晃肩膀，好整以暇地端起了腔调，"你看我们这也是不打不相识啊……我还是那句话，你放心，这事儿从我嘴里说出来，再到你那儿听回去，保证出不了这个圈儿，不会也绝不能够惊动顾老夫人，老夫人还得专心照顾顾老呢，哪能为这点事烦心。不瞒你说啊，我是真心敬重顾老先生，当今书画界，我就佩服顾老，那是书画双绝，没人能比啊！不过话说回来，金无足赤，人无完人，就像你说的，有些个什么也都正常，那过去……"

看老柴还要继续发挥下去，顾铭及时打断，他知道利益当前，即便老柴心有不满，也会看在钱的份上有所忍让，但是再让他继续说下去，说不定还会说出什么自己不想听的话来。"柴先生，"他客气地说道，"既然我们有了共识，那你看我们是不是就……"说着，他拿起手边的黑色旅行袋。他刚要把旅行袋递出去，忽然想起来一件事，"对了……还有一个问题。"

老柴神色微微有些不自在，不过并没发作，"啊哈，你说你说。"

顾铭看出了老柴的不满，并不在意，"就是……你还记得我们第二次见面吗？那时候你一直说我问错了问题，我只是好奇，到底怎么才算是问对问题呢？"

老柴听了先是一怔，随即哈哈大笑起来，"小顾先生啊，这你还记得呀，哎呀，我也就是随口一说。你不必在意的。"

"看来柴先生还是不肯坦诚相告啊，我还以为我们已经是朋友了呢。"顾铭淡淡地笑着，看着老柴。

老柴又咬了一下嘴唇，略略思考了一下，"要这么说，那我也就打开天窗说亮话了。我相信小顾先生你的为人，绝不会出尔反尔。"说完，他盯着顾铭，意有所指。

顾铭顿时明白过来，他从口袋里掏出钱包，取出一张银行卡，随即把黑色旅行袋拿起来放在老柴的旁边，又把银行卡也放了上去。"柴先生，这些我没打算带回去。"

老柴瞥了一眼，没动地方，也没伸手去拿，只轻轻地呼了口气，脸随着阴了下来，"我是什么人，小顾你查过了吧？我们这样的人，要不是顾老爷子出了这样的事，跟你们怕是永远都接不上茬的。说是一个城市，根本就是两个世界的人。你找人查我，我理解，兵不厌诈么。可是你真知道我是什么样的吗？我以前带你去老柳头家，去开店的老六家，你觉得好玩儿吗？"

顾铭有些不解地看着老柴，他等着老柴继续解释，这些跟他说的问对问题有什么关系。

"不明白吗？"老柴撇了撇嘴，极轻微地哼了一声，"你当然不明白，打小就锦衣玉食父慈子孝的，能明白什么呢？就算带你去看贫民窟，也只当是看了场电影吧。"他低下头掸了掸袖子，也不知道是袖子上有灰还是别的什么，虽是低着头，仍能看出脸上的不屑，"哎呀……"他长长出了口气，又用手拍着袖子上那块地方，头缓缓地抬起来，"要怎么说呢……"他的手继续有节奏地拍着，"这世上的人是有贵贱之分的，从来都有，就像你我，生下来就注定不同的命，不过这也不一定就是对的，合理的。这世道有人为富不仁，有人恃强凌弱……"他打着拍子的手停下来，就摁在另一边的胳膊上，"都是爹妈生的，难道我们这些人活该受穷受人欺负么？俗话说的好，王侯将相，宁有种乎？"

顾铭看老柴说得有些离谱，不知道这家伙究竟是要扯到哪里去，不过他也没有打断，只是静静地听着。

老柴有些义愤起来，"就算是贫富天注定，人的苦也不是白捱的，福也不会是白享的。总有一个时候……"他说到这儿，把后半截话头咽了回去，抬起那只摁在胳膊上的手摸了摸鼻子，"我这么跟你说吧，你就从来没想过自己有一天一觉醒来，跟我们换个世界吗？"

顾铭有些糊涂，"换个世界，你是说……我和你换？"

老柴咧开嘴笑起来，"哈哈，你跟我换也成啊，你不是去过我那儿吗？怎么，觉得不可思议吗？"

顾铭一时间不知道该怎么接下去，又是卖的什么关子，扯得太玄了吧！

老柴笑得更开心了，仿佛在看一个极其好笑的场景，"呵呵，吓着了吧？我就这么一说，你就觉得可怕吧？……"他的话音落下去，脸色也跟着沉了下来。他微微偏着脑袋，拿眼睛瞅着顾铭，眼睛里的光颇有些严厉。

"柴先生的意思……是我没生在大杂院里，没吃过这些个苦，就有罪过喽？"顾铭终于有些明白了。

"呵呵，罪不罪过的，都在你的一念之间，我可不敢说。小顾先生读的书多，一定知道什么叫损有余补不足，我们这样认识，也算是冥冥之中的定数。这是老天爷给的机会啊，你说你之前住高楼住相府，什么都不明白，顶多就是无知，可我已经带你去看了寒窑，再要装天真那可就真说不过去了吧？"

老天爷给的机会。老柴脸上阴晴不定的样子完全回到了他之前在咖啡馆里认识的老柴，他那时刚刚看到父亲和女人的合照，还有那方石印，那些通话记录，他问老柴开什么价码，老柴的脸上就是这样的表情，混合着不屑、愤怒和居高临下的嘲笑。老天爷给的机会，这家伙那时候就已经想好了，他觉得这是老天爷给他，不，不是给他老柴，而是给他顾铭，给他这个锦衣玉食的公子哥儿的机会。

顾铭觉得荒谬之极，"那么也就是说……这是老天爷给我机会赎罪喽？赎我没吃过苦的原罪？"

老柴不置可否，只是眨巴了几下眼睛，似乎在等着顾铭往下说。

"柴先生真的觉得我或者我父亲是你们所有人吃苦的原因吗？我们赎了罪，这世界就会好起来？就能实现你想要的正义？"顾铭的话说出来，不知怎么，忽然觉得自己反而有点理解老柴了。那个拉胡琴的老柳头儿，还有那个杂货店的老板，他和与他一同住在狭窄空间里的女儿，脸上茫然的笑。

"哎哟哟……"老柴突然身子向后一斜，眉头夸张地先是一皱又是一舒，紧接着脸上盛开了灿烂的笑，"瞧瞧瞧瞧，怎么说着说着就认真起来了？"他身体向顾铭斜靠过来，用手在空中朝他点着，"还别说，小顾你认起真来真是挺吓人的，嘿嘿……"他又一龇牙，随后煞有介事地长出了口气，"哎呀……我老柴又不是什么大人物，那些个大问题轮不着我来想，什么世界什么正义的，那么复杂，我哪懂啊？我就只顾我眼皮子底下的这一块地方，"他伸手在空中划了一个圈，然后近乎俏皮地眨了一下眼睛，"就这巴掌大的地儿，这么几个虾兵蟹将，都够我忙活的。"说完他又瞟了顾铭一眼，神情颇有些自得，既是在示好，又是在炫耀。

顾铭看老柴志得意满，心里顿时又松快了几分，"早就知道柴先生不是等闲之辈，交你这个朋友果然是没有交错。"他身体微微前倾，略略压低了声音，"那我就更可以相信柴先生是个重承诺的人了，是不是？毕竟还有那么多人要仰仗你啊。"话说到这里，顾铭觉得这一趟应该说的、想要说的都已经说完，心里颇感欣慰，身子还没直起来，忽然一个念头闪过，自己刚才的样子……居然很像老柴。也许打交道的时间久了，他甚至分辨不出自己是有心还是无意，竟模仿起老柴来，想到这里他正要直起的身体稍稍顿住了，像不知道为什么突然卡顿的轮轴。

而此刻对面的老柴，半边脸上紫藤花参差的阴影洒下来，脸上说不清是怎样的表情，是得意也是失落，嘴角始终在决定与犹豫之间微微颤动，眼睛以一种固定的迟缓频率一下一下地眨着，眼光闪烁，笃定里带着怀疑，微微皱起的圆眼睛里仍旧延续着从前自信的笑意，不过再仔细地看，似乎还混着一点困惑和一丝谨慎的好奇。那个表情不知道在老柴的脸上究竟持续了多久，但在顾铭的印象里仿佛一个定格的瞬间，他甚至觉得，那个瞬间会在自己的脑子里留下很久的记忆。

软体动物

回到家里时，阳光正像疯了一样漫天漫地，屋里屋外都是明晃晃的白，顾铭眯着眼睛，径直回到房间，拉上窗帘，脱了衣服睡觉，直到被一阵熟悉又陌生的音乐声吵醒。他像从沉睡的海底被打捞上来的一样，过了好久，才意识到那一连串单调固执的音乐声来自自己的手机。他爬起来摸索着找到手机，看了看，两个未接来电，都是巴千山的。他靠在床上，清醒了十几秒，才拨了过去。

"我今天一天都在忙，也没顾得上问你，你怎么样了啊？"巴千山的声音听起来很遥远。

"没什么，现在都解决了，真的，没事儿了。"

"你真的没事儿？怎么听着好像有点儿……"

"啊，没有，我……刚睡醒，还有点迷糊。"

"那行，你歇着吧。要是以后那孙子再找事儿，你告诉我啊。"

挂了电话，顾铭呆呆地在床上坐着，已经是傍晚了，外面有了三三两两的灯光，屋子里却没有一点声音，母亲还没回来。其实也不是没有一点声音，他分明听见沙沙的声音，像寂静从天花板落下来。

接下来，上班，下班，他甚至还去医院看了老爷子一次。秋天彻彻底底地来了，路边会有混着灰土的落叶绊在一个个下水道口，前后踌躇着。刮起来的风仍不算冷，但卷过树梢擦过脸颊，也已经有了凉薄的寒意。顾铭两点一线，下了班就回家。他从前时不时会早走，现在无处可去，又觉得就这样忽然按时下班有些突兀，犹豫着就拖到了四点半，好像没人觉得异样。顾铭想起社长为了照顾他而分发给其他同事帮他审编的几部书稿，是时候自己的事自己做了。

顾铭周四又提早下了班，不过这一次他真的去医院探病了。他去的时候，老爷子正闭着眼睛睡着，母亲看见他来，眼里闪过一丝惊讶，不过没说什么，只示意他轻手轻脚坐下。窗外一颗高大的悬铃木，树梢已经发黄，在风中一阵一阵地摇着，外面是阴天，但光线仍有些刺眼。病房在九楼，怎么这树原来可以长得这么高。顾铭觉得自己好像闻到了那树上青绿果子涩涩的味道，随即又觉得荒唐，这里是医院，怎么可能呢？母亲在床边的椅子上挪动了一下，顾铭以为父亲醒了，再一看并没有。从他的角度看过去，父亲似乎微微皱着眉头，他的脸薄得像一片旧油纸，松松地摊着，却只有眉心那里似乎在隐隐地用力。父亲应该是感觉不到疼痛的，宋医生明明白白地告诉过他，那么他这是在做梦吗？除了宋医生说的，顾铭也在网上搜索过，现在的父亲即便醒来也只有极浅层的意识，那么他梦到了什么呢？梦见自己握在手里却不满足的一切？还是身外之物的虚无缥缈无从把握？顾铭又斜过脸去看外面灰白的天，他们一家三口在这间病房里团聚了，但他的心里是空空的，没有什么感觉。

第二天是周五，赵盈盈打来了电话，电话里她的声音仍旧和从前一样，扑棱棱地像蝴蝶扇着翅膀。

"顾大编辑，不是还在忙工作吧？晚上有安排吗？能赏光出来吃个饭吗？"

吃饭的地方是赵盈盈选的，说是她新近发现的好地方，开张的时间不长，但口碑不俗，是新概念的北方菜。顾铭想起小时候流行过一阵子的新概念英语，以及后来的新概念作文大赛之类的，想不到现在连吃饭也有新概念。

饭馆在一家商场的顶层，顾铭从直梯出来，穿过半面天台，才找到了饭馆的入口。大概因为是星期五晚上，又或者是这个饭馆真的火爆，门口排队等餐的人聚了不少。顾铭走进去几步，探头看了看，里面人声嘈杂，一眼望不到头，曲折回环格局不小，却坐得满满当当的，他正想着不知道要等到什么时候，忽然听见手机响了。

相见欢

"顾大编辑，我看见你了。你进来吧，往里走，我就在你的左手边。"

顾铭走了几步，就看见了赵盈盈，她穿着一件宽大的向日葵黄格子纹衬衫，里面套一件白色圆领 T 恤，在前面不远处正探着身子向他挥手，原来她已经占好了位子。

顾铭坐下来，四周打量着，这间饭馆整体是原木色的中式风格，墙壁上横横竖竖地嵌了很多木头字，好像有俗话俚语之类逗趣儿的词儿，天花板上垂下来许多竹片，上面写着各式菜色的名字。

"这里……有很多字啊，现在流行这样的风格吗？"顾铭一边看，一边随口问着。

"大编辑就是大编辑，一语中的。"赵盈盈笑着答非所问，随后又转头左右两厢看了看，接下去说，"哎，你看我，也忘了提前问问顾大编辑的字数要求是多少了。"

顾铭由她调侃，并没接茬，"我们是来吃饭的，也不是来吃字的，字多字少有什么关系呢。"说着，他伸手拿起了桌上的菜单。

他正要翻开菜单，眼角余光瞥到两张桌子开外斜对角上坐着的一个男人，那个男人穿着挺括的白色西装衬衫，正坐在一个冒着热气的吊脚锅后面，跟对面座位上的另一个男人说着什么。饭馆里的灯光不是很亮，又隔着些距离，顾铭看得并不十分真切，但就这一瞥，让他猛地吃了一惊，天呐，老柴，他怎么会在这里，惊诧之下他顾不得手里的菜单和对面赵盈盈奇怪的目光，怎么会是老柴？穿成这样的老柴！他强压住心底的震惊，那男人伸手加了一筷子菜，送到嘴里，嚼得很克制斯文……不，不是老柴，顾铭微微松了口气，他感觉到自己的心在怦怦地跳，其实他只要稍微仔细看一下就知道不是了，虽然都是矮粗身材，小平头，短圆脸，但那个男人头发涂得油亮，皮肤光洁，就连五官也并不十分相像。自己怎么会错认成老柴呢？退一万步说，如果真的是西装革履油光水滑的白领老柴出现在那里，又能如何呢？他原本以为自己已经应付自如了，可以暂时屏蔽了，可这个阴魂不散的家伙，却在他意想不到的边边角角以这样的方式炸开了花。

"你没事吧？"赵盈盈顺着顾铭的目光扭头去看，没看出什么名堂来，终于忍不住问了一句。

"哦，没有，看错了，我以为那边有个认识的人。"顾铭摇摇头，他回避着赵盈盈的目光，继续低头去翻菜单。

他翻看了几页，慢慢地平静了下来，但全然没有了点菜的心情，他合上菜单，"你点吧，反正你也来过，你觉得好吃的就可以，我什么都行。"

赵盈盈也爽快，叫来服务员，迅速点了几样菜。"看来巴总真是没说错。"赵盈盈把菜单还给服务员，笑吟吟地岔开了话题。

顾铭一愣，"巴总？巴总跟你说什么了？"

相见欢

"他说让我尽管给你打电话，你今天晚上肯定没别的安排。"赵盈盈说完，抿起嘴看着顾铭，不知道是不是灯光的关系，她的脸看着油油的，刘海上也像打了发油，顺帖地趴在额头两侧，再加上她一身的亮色衣着，在这人影幢幢、光线柔和的背景之下，仿佛一幅刚完未完的湿漉漉的油画。

"是，巴总了解我，我这个人比较无聊。"顾铭笑了笑，不置可否。

菜陆续上来了，赵盈盈看顾铭每样尝过，便开口问道："怎么样？味道如何？"

顾铭早知道她会有此一问，略略沉吟了一下，答道："味道不错，品相也好，没到让人惊艳的程度，不过……"

赵盈盈没接话，只是耐心地等着。

"不过……的确跟平常的菜式有所不同，这新概念倒不是吹牛的，只是到底是什么，我也说不好。"

赵盈盈偏了偏头，"嗯，我也并不觉得十分好吃，但不知道为什么吃过以后还想来，如果不是味道吸引我，那一定是别的什么。"她夹起一个粉妆玉琢的虾仁，在半空中来回转动，"现在的人都活得辛苦，也变得贪心，既需要实实在在的慰藉，又需要虚张声势的倚仗，最好还要偶尔来一点稍稍出格的刺激。依我看……这家饭馆刚就给出了这样的组合。"

顾铭回味着赵盈盈的话，他不由得想起父亲，病床上插着呼吸机的孱弱的父亲，想起当年在公园里徘徊的、郁郁寡欢的艺术家，渴望着、等待着那么一点可以稍稍出格的刺激；他想起小院里的那个女人，茫然地站在麦当劳门口，她也是活得辛苦，才变得贪心么？还有阴魂不散各种面目的老柴……好像她说的无不一一对应，但又多多少少令人费解。顾铭心里涌起一阵说不清的烦乱，这姑娘出口成章，正切中了他的心事，难道……他抬眼看了看赵盈盈，见她也正看着自己，似乎在等着他的回应。

他放下筷子，稍稍整理了一下思绪，决定就事论事，"这里的菜好吃，算是实实在在的慰藉，装潢布置各种名目噱头，算是虚张声势的倚仗，那么这稍稍出格的刺激是……"他看着赵盈盈，等着她接下去。

赵盈盈嘴里嚼着虾仁，似乎也在思考，"嗯……"突然她眼睛一亮，用手指着顾铭后边，"呶，就是那个！"

顾铭顺着她指的方向看过去，只见他身后不远处的一张大桌子上一盘不知什么菜正轰轰地冒起一米多高的火焰，桌子上的人一阵惊呼，火焰渐渐熄灭，剩下一盘蜂窝煤似的黑黑的东西。

"那是这里有名的蜂窝煤炒饭，我觉得形式大于内容，反正我知道一定会有人点，所以不花钱就能看，我就没点，可以省一笔钱。"她孩子气地笑了笑，有点得意地说。

"想不到你这么年轻，看事情就这么透彻。我看我跟老巴都不如你呢。"说起巴千山，顾铭心里一动，"不知道老巴来没来过这儿，吃方面他可是行家。"他稍稍顿了顿，"你说是他让你给我打电话的？他还跟你说了什么吗？"

"巴总……"赵盈盈欲言又止，转了转眼珠，想了想接着说，"巴总说……你最近可能心情不太好，而且心情一不好就容易窝在家里，所以……"

"所以如果不是巴总，你就不会给我打电话了？"顾铭微笑着问。

"我是很想跟顾大编辑聊天的，不过怕扰你清净。"赵盈盈一副心怀坦荡的样子，"其实我常常觉得好奇，你和巴总完全不同，怎么会是好朋友的？"

顾铭被她这样一问，不禁有点错愕，"好朋友"这个词放在他和巴千山中间，似乎有些奇怪。他一时间不知该怎么回答，只有先问回去，"哦，这怎么说的？我和巴总怎么就完全不同呢？"

"巴总……其实他跟我认识的大部分人，跟来这里的大部分人差不多，想要的无非就是那些，其实从这个角度来说大部分人都差不多，不过野心啊能力啊有差别而已。可是你好像……好像……"赵盈盈一边说一边想，似乎有些卡住了。

不知道赵盈盈究竟跟巴千山熟到什么程度，但算起来他和赵盈盈不过见过两面而已，这小姑娘就敢下断语了，顾铭倒真是很好奇，想知道她一连几个"好像"后面到底会说出什么来。

赵盈盈却就此打住，"嗯，我也说不好。巴总说你书生气重，看起来酷，其实……"她再次欲言又止，"我总结一下他的话吧，就是……意思就是……一个带壳的软体动物。"

顾铭听明白了，他知道巴千山原话是怎么说的，他甚至想象得出当时那个画面，巴千山斜着眼梢、定着脸，那是他惯有的鄙夷的表情，忿忿地说道，"顾铭吧，看起来酷，我告诉你啊，其实特懦。"巴千山也许一直都是这么看他的，只不过从前自己即便不算事事依着他，但也从不曾这样拗着。也不是因为自己执意要给钱，巴千山这人向来拎得清，钱不是从他那儿出的，他根本犯不着。

说到底还是因为老柴。真是荒谬，竟然又是因为老柴！自从这个家伙出现以后，他生活的所有链接都开始拧巴起来。他想到这里，不由得叹了一口气，余光里看见斜对面那个被他错认成老柴的白领，不知道什么时候已经走了，换成了一个涂着红唇的年轻女人。其实也许不关老柴的事，巴千山早就是这样看他的吧？赵盈盈说得没错，他们如此不同，是怎么做了这么多年朋友的呢？

"你该不会是生气了吧？"赵盈盈的声音很轻，从对面座位上传过来。

顾铭抬起头看赵盈盈，看她眼底的笑意之中并没有丝毫的不安，反而有种早有预料的狡黠，再想想她刚说的话，忽然觉得好像中了圈套，自己刚才那份突如其来的郁闷大约被她尽收眼底了吧。想到这里，他不禁觉得又好气又好笑，于是摇了摇头，自我解嘲地说道："我要真是一个带壳的软体动物，生气不生气又有什么分别呢？软塌塌的，再加上自我隔离，伤不了别人，也硌不着自己。"

赵盈盈扑哧笑出了声，随即又抿了抿嘴，抬手捋着额前的刘海，"你也不必介意啊，巴总说得也未必对，我就不这么认为。"

"哦，那……你认为我是个什么样的人呢？"顾铭问出这句话来，觉得有种莫名其妙的似曾相识之感，好像他和赵盈盈相识一场最终就是为了汇聚到这样一个烟熏火燎人来人往的地方，在这样一个尴尬的毫无防备的时间点上，问出这样一句话来，就像一场谋划已久的交响乐终于到了各声部交织的高潮，之后便管啊弦啊的各自找出路了。不知道为什么，头脑里居然又响起老柴的声音，配合着他吸饮料的哧哧声，"你得学会问正确的问题。问题问得不对，答案怎么能对呢？"

然而即便问对了问题，也未必有答案。赵盈盈偏着脑袋想了几秒钟，并没真的说出什么，"嗯……怎么说呢，我只觉得你跟巴总不同，跟我认识的大多数人都不同，你就像……像故事里的人，二维的那种，又或者……另外那第三个维度我这肉眼凡胎还没看出来。"

吃完了饭，顾铭坚持埋单，赵盈盈并不客气。从饭馆出来，天已经黑了，直梯人太多，他们便改从扶梯下来。他们聊起了赵盈盈正在写的剧本，赵盈盈不肯透露具体的故事，说要保留一点神秘感，顾铭建议她不妨写成小说，毕竟现在小说远比话剧有市场，同样的故事添添改改就可以，如果有编辑方面的需要，他乐于效劳。

正巧有辆出租车停在了商场门口，里面下来两个人，顾铭知道这里打车不容易，顾不得说话，赶紧挥手示意，打开车门让赵盈盈坐了进去。

小团圆

快到中秋了。往年这个时候，家里会堆满各式各样大盒小盒的月饼和果篮，今年也有，只是明显少了些。

中秋节前两天，巴千山提了两盒精致的月饼来家里，陪母亲坐着说了好一会话，说是又有了新的女朋友，改天带过来要母亲给把把关。顾铭在一旁听着，也插不上嘴，想起巴千山的上一任，又或者是上上一任那个叫小蔡的，他记得巴千山追的时候颇费了些心思，如今俨然已是过眼云烟。他起身去厨房添了茶回来，从果盘里拿起一个梨来削。他又想起了赵盈盈。他转着手里的梨，有一句没一句地听着沙发对面的巴千山和母亲闲聊，觉得异在且隔膜，他微微闭上眼睛，想象着他们是与自己无关的电视里的场景，但奇怪的是，他感觉不到的不是一米开外的巴千山和母亲，而是他自己，他竟然觉得感觉不到自己的存在，而外面的一切，甚至手里的梨子，都活色生香，他自己却像开着的旧式电视机里黑白的龙套。赵盈盈不是说过，他是个二维的、故事里的人么？

母亲留巴千山吃饭，巴千山说有事，坚决不肯，母亲便不强求，只是临走时，一定要去拿她藏的上好的普洱给巴千山带上，巴千山这才得了个跟顾铭说话的空儿。巴千山扬声冲着走到里间儿的母亲的背影说了句"谢谢阿姨"，随后便又着腰转过身来，冲顾铭抬了抬下巴，脸上的笑好像还没完全淡出，但眼睛里闪着的光却谨慎地收敛了起来，"怎么样最近？没事儿吧？"他微微压低了声音问着。巴千山的速度快得让顾铭有些恍惚，他来不及想太多，只含糊地应了声，"没事啊，没什么。"看巴千山的架势还没收，又补了一句，"真的。"

顾铭送巴千山下楼，他没什么话说，巴千山似乎也有些心不在焉，只是临出楼门时戏谑着对顾铭说了一句，"我说，小赵姑娘对你挺上心啊。"顾铭笑了笑，没说话。他随着巴千山走到车前，巴千山打开车门，把包扔进去，随后转过身来，看着顾铭，大概觉得外面的天光太亮了，半眯着眼睛半皱着眉头，"我看阿姨有点着急了，你抓点儿紧吧，我可是已经尽力了啊，你自己也得主动着点儿啊。走了。"他没等顾铭说什么就钻进了汽车。顾铭看着他的车子轰轰地发动走远，才微微叹了口气，转身走上楼去。

上楼时他想起老柴的电话。老柴前一天晚上打电话来，

相见欢

邀请他明天去参加他们的中秋联欢，"哎，小顾啊，好久不见呐！"老柴电话里拖着长音，让顾铭想起夏天时潮乎乎的拖把拖过地面，一股潮湿的腥气蒸起来。"我这可是代表大家诚挚地邀请你啊，你可千万要赏光啊。"

他犹豫过要不要去。不应该去的理由有很多，但这些理由却敌不过他的好奇，还有一种近乎宿命的预感，像电影里演的穿越一般，另外一个时空裂开了一道缝，仿佛他注定要一脚踏进去。

地方挺难找，老柴虽然提前做了一些说明，但他还是费了一番周折。他在迷宫一样的胡同里转了半天，终于看见了那个挂着"XX社区文化体育活动中心"牌子的院门，银色的不锈钢招牌看上去是簇新的，光可鉴人，映衬出曲曲折折变形的电线杆和人脸。

顾铭推了一下门，开着的，便走了进去。里面的小院似乎是改造过的，与平常的结构略有些不同，一进去迎面而来的是一个狭长的天井，摆着几盆绿色的植物，穿过天井是一个双开的木框玻璃门，门关着，里面有嘈杂的人声，顾铭走上前，轻轻地敲了敲，似乎没人听见，他试着推了一下，推开了。

这房间大约四五十平米，靠墙摆着一排沙发，还有一些折叠椅和桌子，桌子上堆放着很多红盒装的月饼，还有一些塑料袋，里面是西瓜、葡萄等水果，地上还堆着几箱瓶装水。

人不多，三三两两地坐着几个衣色暗淡的老人，在扶着拐棍儿聊天，还有两个孩子，低着头蹲在地上玩儿，有一个老头儿似乎有些面熟，但一时想不起来在哪里见过。他们在说着什么，声音嘈嘈切切，好像有了某种默契要故意低声含混成某种布景，也的确是，这几个人散落地坐着，且大都衣色暗淡，衬着背后一整面白粉墙，倒有几分像一幅水墨人物画卷了。只是他这陌生人忽然进来，多少搅皱了画风，正对着门口的一个面庞尖削的老人看见顾铭，微微皱眉，带着询问的眼光瞧向他，顾铭只好解释说："啊，我找老柴。"

"老柴，老柴，有人找——"那人向着一扇通往里间的门喊了一嗓子，很快老柴便一串小碎步地走了出来，他上身一件有些紧身的黑色长袖衫，下身一条八成新的藏青色西装休闲裤，脚上却踏着一双黑布鞋。这一身装束不伦不类，却并不妨碍他春风满面摇曳生姿。他看见顾铭，脸上早已堆起了笑，一迭声"哎呦呦，小顾先生，真是蓬荜生辉啊。没想到你这么早来，招呼不周啊，招呼不周。"

顾铭冲老柴笑了笑，没答话，只是把手里提着的两盒月饼扬了扬，"这个……我放在桌子上行吗？"

老柴已经走到了顾铭跟前，他伸出两只手接过顾铭手里的东西，眼睛飞快地瞟了一眼，"哎呀，你看，你这么客气，人来就行了，还带东西，这让我们怎么好意思呢。"随即他向窗户那边正在给饮水机换水的一个高个子年轻男人招了招手，"彭子，来，把小顾先生带的东西拿到里边，就放在那个……那个小舞台旁边的沙发那儿。"

顾铭意识到那个叫彭子的大高个儿以前好像见过。

"我们这里刚刚弄完，还很简陋，让小顾先生见笑了。"老柴说得很客气，神色间却颇为自得。

"哪里，很好啊。"顾铭环视着四周，突然看见左面墙上挂着的字画，不由得一怔。他没看错，那面墙正中并行挂着一幅书法一幅山水，那幅字他一时说不出是出自谁手，可那幅枯笔渴墨的画，他再熟悉不过了，正是他从父亲的画室里拿出来的。尽管他从没忘记这幅画给了老柴，但他没想到自己会亲眼看到它就这样挂在刚刷了大白的墙上，下面是盖着一块猩红色布料的不知道什么东西，对面则是几张红边黄芯的社区精神文明建设海报，海报下边摆着的两面亮澄澄的红漆大鼓。

"怎么样？人说画龙点睛，东西不在多，关键在精，有顾老这么一幅画，我们这里的文化品位马上就不同了，你说是不是啊小顾先生？"老柴一边说着，一边拿眼睛瞅着顾铭，脸上笑嘻嘻的。

顾铭含糊地应了一声，不置可否地笑了笑，也不看老柴，目光环视了一下周围，"你这里还挺大的，两边还各有空间吧？也都是你们的地儿吗？"

"哎，我们这儿说起来呢也不算太大，"老柴笑着眯起了眼睛，"可是你别说啊，布置起来真是挺费劲的……你看，我们现在的格局是这样的哈，"老柴指着顾铭右手边的一扇门，"那边是阅览室，还有乒乓球桌可以打乒乓球，"他又指了指刚才他出来的左边那扇隔门，"那边是小舞台，待会儿我们的演出就在那儿。"老柴说着，踌躇满志地搔搔头，带着他特有的沙哑潮湿的声线，"现在设施还不完善，以后我们还打算配上声光电，就是带电子大屏幕的那种……"

顾铭有些心不在焉地听着，就在这时，他忽然看见左手边小舞台那扇门里有个女孩儿的身影，此刻她正探出头来，看向老柴和自己这边。女孩儿探了几次头，终于走了出来，她扎着半高的马尾，看上去十五六岁的年纪，上身穿着中学生常见的松垮垮的白绿两色运动衣，下面是一条紧身牛仔裤。那运动服顾铭有点印象，女孩儿也有些面熟。

顾铭想起来了，是女人住的那个小院，就是这件白绿色的运动服，穿着运动服的女孩儿一阵风似的跑进来啪嗒一声掀开那扇竹帘子。顾铭心里一动，没想到会在这里看到她，顾铭的眼光下意识地避开，可是余光里觉得女孩儿仍看向自己和老柴这里。于是顾不得老柴正说得兴起，径直打断道："那边……好像有人找你。"

老柴回头看见女孩儿，身体似乎一紧，"怎么啦？什么事啊？"

女孩儿并没向前走，而是半靠在门边冲老柴喊道："柴叔，到你勾脸啦，这不眼看六点半了吗？还开不开始了呀？我完了还得回家写作业呢。"

"哦，来了来了。"老柴看向女孩儿那边，应了两句，又半回头扫了顾铭一眼，表情有些慌乱，随即急匆匆地接着回答女孩儿的话，"马上就开始，咱们准点儿开始啊。"他说着又回过头来，冲着顾铭抱歉地笑笑，"不好意思啊，这演出马上就开始了，我还得后台化妆去。你先进去坐，待会儿看演出，给我们多提点宝贵意见。"

说完，老柴三步并作两步地走了回去，一边走，一边冲着屋子里其他的人拍手催促着，"大家伙儿都里边儿请吧，这演出马上就开始了啊。来来来。"说着，还不忘扭头冲顾铭比了个手势，请他赶紧进去。

老柴称为小舞台的地方果然是个舞台，这里原本应该是一个小四合院的西院儿，现在全部打通了，最前面的地方用木头支起了大约二十公分高的一个舞台，四周还有深红色的幕布垂下来，上方挂着"欢度中秋"几个嵌在黄色方框里的黑字。舞台后面是用折叠椅方阵组成的观众席，虽然简单，但也像模像样，煞有介事。顾铭走进去的时候，观众席上已经坐了几十个人，顾铭假装不经意地扫过去，竟也觉得有几个熟悉的面孔，还有钟老六一家，他清清楚楚地看见他们就坐在靠门口一排的位置，神情默然恬淡。不知为什么，顾铭的眼光不敢在他们身上多作停留，他略略低头从他们旁边走了过去，在后面没有人的一排找了张椅子坐下。

　　所谓的演出虽然简单，并不马虎，有主持人上来报幕，有独唱，有合唱，有舞蹈，地上摆着的录音机加音箱配合放着音乐，显然是在一丝不苟地复制着电视里晚会的模式。顾铭看得心不在焉，禁不住有些纳闷，老柴怎么找到这些人的，老柴自然是要炫耀、证明给他看的，但他究竟为什么要来呢？恐怕不仅仅是出于好奇，也许还有点别的什么，但那究竟是什么呢？

　　正想着，台上已经换了新的节目，他没注意听报幕，发现换节目的时候，刚才那个穿着运动衣的女孩儿已经上了台，虽然她只是坐在舞台一侧，却因身前抱着一把肃穆的大提琴，显得格外引人注意。

　　女孩儿低头拨了几下琴弦，随即抬头坐正，顾铭虽然坐在后排，仍旧看得清楚。女孩儿长得并不太像她的母亲，仔细看也许有几分相似，但五官和脸部的线条都调和平淡，眉宇间完全没有女人的茫然迟滞，而是丁是丁卯是卯的清晰，一笔一划简明扼要，毫不含糊。此刻她抱着大提琴坐在那里，相当从容，显然她对这里的环境和人是熟悉的，但好像也有些游离，大提琴似乎正是她隔离与防御的武器。她坐了一会儿之后，侧过头看了看舞台的另一侧，然后似乎是对着那边的什么人点了点头，颇为老练地拉起了琴弓。

　　大提琴的声音肃穆悠长，顾铭听不出她拉的是什么曲子，只觉得耳熟，应该在哪里听过。正想着，舞台上不知什么时候闪出了几个舞动的人影，再仔细看，是七个年轻姑娘，个个身姿窈窕，盘着头发，上身穿着黑色的紧身衣，下身穿的是宽松的墨绿色灯笼裤，她们随着大提琴声翻飞起舞，动作整齐流畅。

琴声渐渐急迫起来，拉琴的女孩儿身体向前微微倾斜，眯起了眼睛，嘴角却明显抿起来用着力。就在乐曲渐入高潮时，台上跳着舞的七个人不知从哪里突然抽出两把布折扇哗啦啦兜头一甩，顿时在暗色的背景里开起十四朵碧绿的花。琴声起承转合，上下颠簸，那些碧绿的花朵随之流动飞扬。大提琴琴声尽管听得出瑕疵，舞蹈的动作也有时显得生涩单调，但这样中不中、西不西、夹生却大胆的音乐舞蹈组合，硬生生地在这样一个奇特的空间里营造出一种艳异诡谲的气氛。

顾铭心中惊讶不已。跳舞的女孩子们一看便是舞蹈班的学员，他实在不知道老柴是怎么招募来的，还有这现代舞与秧歌混合的舞步，又是怎么编排出来的，再加上大提琴这曲高和寡生人勿进的古典音乐调调……

想到这里，顾铭忽然觉得，这一场舞蹈演出不是为这台下坐着的几十个观众，而是专门为他，为他一个人精心设计的。他想起老柴得意扬扬的脸，这个家伙是笃定自己一定会来的吧。顾铭觉得腋下有些冰凉，大概又出了些冷汗，他抬手抹了抹脸，音乐和舞蹈应该都进入了尾声，他的眼睛仍是望着前面的舞台，却已经失了焦，音乐和台上舞动的人影成了模糊的背景。如果不是亲眼所见，他无论如何也不能相信这一片胡同的灰墙之内竟有这样的景象。

女孩儿缓缓放下琴弓，黑衣绿裤的舞者们甚至比上台时还要迅速地散去了，眨眼之间无迹可寻，直到女孩儿站起来，拖着大提琴往后台走，观众们才如梦初醒般拍起了巴掌。女孩儿在并不太齐整的掌声之中离开，她始终没抬头，似乎对舞台和刚才的表演全无留恋，清晰干脆地离开，仿佛刚才的一切并没有发生。顾铭也拍了几下手，他眼睛搜索到钟老六一家三口的背影，看着他们圆圆的驯顺的后脑勺随着拍手的动作轻轻晃动，他觉得有些恍惚，难不成自己真的是陷入了另外一个时空？

不过这种感觉很快就退去了，老柴粉墨登场的那一瞬间，顾铭立刻觉得自己的存在感清晰起来，而且不只是他，这一大间屋子里坐着的所有人似乎都变得清晰明快起来，他们在椅子上舒活着身体，互相交头接耳，议论着，说笑着，还有人大声朝舞台上起哄。伴奏的鼓乐班子在舞台一侧，鼓点一响，京胡嗞呀呀上了劲儿，人群顿时肃静下来，顾铭仔仔细细地看过去，他发现这一刻乐声流动里的老柴，与往日里的各种面貌都有所不同。

老柴匀了脸，上了油彩妆，居然还挑了眼角吊了眉，带起黑亮的假发，满头靛蓝色的珠花颤颤巍巍，身上穿着杏黄色长裙，套着大红的云肩，衣服并不十分合身，有些鼓鼓囊囊的。顾铭记得刚才报幕的介绍接下来的节目是《嫦娥奔月》，不知道他哪里借的这一套行头，虽是一个人孤孤清清地在台上，仍带着遍身华丽慵懒，不像嫦娥，倒像误入了华清宫的虞美人，又或是错进了霸王帐中的杨玉环。

"秋风起——落叶飘——秋月挂——天——上——"台上嫦娥已经咿咿呀呀地唱起，这一出《嫦娥奔月》顾铭从未听过，听这腔调猜想是程派。老柴的脸在厚厚的粉妆之下已经有些不可辨认，再加上两鬓贴了片子，脸型也约略有些拉长，只有描画得黑油油的眼圈里黑白不甚分明的眼睛仍是老柴。

"……缕缕忧思绕愁肠——"台上的麦克风稍有些杂音，唱词顾铭听得并不十分真切，只见台上的老柴唱完一句，嘴里拖着音回转身形，身体袅袅娜娜微微摇动，转了大半圈之后抬起胳膊，轻轻抖了抖水袖，"我夫君——射死九日……广寒待罪受凄凉——"他唱得一高一低跌跌宕宕，圆滚滚的身躯也随着上下晃动，也许是脸上的粉过于白腻，显得他张开的嘴巴黑洞洞的仿佛深不见底。虽然老柴拖着唱腔唱得悲悲切切，但看他挑着眉毛，转着眼睛，脸上的悲戚之色浮在那一层厚厚的粉妆之上，顾铭只觉得有种阴恻恻的滑稽之感。

"左思右想——"老柴又是一个颤巍巍的转身，他在深红色幕布之下慢悠悠地打着转，转过身来时嘴里仍旧高低宛转地唱着，"……心迷茫——"他一边唱一边轻轻地晃着脑袋，想必是嫦娥柔肠百转费尽思量了，可红妆艳裹的老柴似乎不只是踌躇迷茫，他晃动着脑袋，转着眼珠，眼珠滴溜溜地好像在寻找着什么。顾铭觉得他的眼神触到自己时似乎停了停，随即很快便掠过了，紧接着只见他端起两臂一上一下抖着袖口，头继续前后左右微微晃着。

后面几句他唱了些什么，顾铭听得不是很清楚，但故事的走向不难猜测，无非就是嫦娥左思右想之后决定代替夫君后羿吃药丸领受惩罚，嫦娥奔月的原因本就版本众多，这样替夫受过的版本并不出奇，只是老柴得意中混杂着悲戚的表情让这自我牺牲的戏码变得有些荒唐诡异。

老柴唱出了几个破音，不过并没影响他的情绪，他似笑非笑地来回审视着台下这一片他统辖罗致的王国，额头上方的一支凤头钗点点啄啄，更是为这荒唐诡异平添了几分莫名的韵致，"午夜里时间紧迫需决断——"台下鼓点一声紧似一声，预告着即将到来的高潮，老柴的身体四肢面部表情也都带着收尾的紧张与喜悦，"吃灵药赴月宫不再仿徨——"

一曲唱罢，掌声热烈响起，口哨起哄的声音也四下里冒出来，老柴矜持地立在台上享受片刻，才低下腰来致谢。顾铭也抬起手拍了几下巴掌，只是越拍越弱，到后面人声沸腾起来，他已经想要逃了。

相见欢

老柴应该是下台去卸妆了，顾铭再没心思看接下来的节目，他眼光搜索着迅速退出的路，又耐心地坐了几分钟，找了个不易为人察觉的空当，悄悄地溜了出去。小舞台的外间儿还坐着两三个老头儿，手拄着拐棍儿在聊，看见顾铭出来，只是漠然地望了他一眼。

为了绕开他们，顾铭刻意放慢了些脚步，他尽量贴着西边的墙走，正是挂着那幅画的那面墙。顾铭从画旁边走过，心里想着这是自己最后一次看见它了，竟也没什么特别的感触，余光里看见对面的红漆大鼓，觉得好像也没那么突兀。

"东西，物件儿，你记住，不论什么，也不论来历出身，总归是要流向它真正的归属，埋也好，藏也罢，总归都逃不过这么一个理儿。"艺术家有一次把玩着不知何处得来的一块砚台，不无得意地这样感叹和训诫顾铭。好吧，这面墙不知道是不是这幅画的归属，顾铭想着，心里并没有泛起戏谑的水花，他只是平直地走着想着，再一次感受着生活的不可思议。

就快要迈出大门的时候，顾铭听见身后响起脚步声，"哎，我说，这就要走哇？"是老柴的声音。

顾铭回头去看，只见老柴已经脱了戏服，不过脸上的油妆还没完全卸干净，斜挑上去的黑眼圈和没擦干净的口红都在，头发也因为勒了头套的关系向后斜塌着，整个人看上去像从水里捞上来的一样，湿漉漉油乎乎的。

"怎么也不打声招呼就要走呢？我还打算向大伙儿介绍介绍小顾先生呢。"老柴撮着红嘴唇说话，脸上的表情似乎还带着一点嫦娥的余韵，似笑非笑的，只是还原了本声，泥沙俱下，让人有些错乱。

突然被他拦住，猝不及防之下顾铭只得笑着答道："哦，我还有点事儿，不想打扰你，所以就……"

"哎，说什么打扰不打扰，请你来，你就是我们的贵客。"老柴挥了挥手，浑浊的眼珠在黑油油的眼圈里转了转，"不过……既然小顾先生有事，我也不便强留。小顾先生今晚过得还愉快吧？"他咧开红嘴唇，里面黄黄的牙齿一粒粒，似乎都带着刺探的气息。

"啊，是，节目都挺精彩的。"顾铭稍稍恢复了镇定，"柴先生的《嫦娥奔月》尤其好，观众的掌声就已经说明了一切，不是吗？"他挪了挪脚，让自己站得更舒服些，但身体仍旧斜朝着门口，"我今晚也是大饱眼福了。看来柴先生真是费了一番功夫啊。"

老柴仰起脖子呵呵一笑，"小顾先生过奖啦，我们这都是野路子，上不得台面，让小顾先生笑话了。不过……"，老柴身体随着向前探了探，顾铭只觉得那红嘴唇黑眼圈的油光脸盘向他侵压过来，不禁向后退了半步。老柴却不以为意，"我们这里还是要请小顾先生多关心照应啊……"他意味深长地看着顾铭，脸上的笑意静水流深，似有似无。

相见欢

顾铭愣了片刻，他看着老柴那张变化多端的脸上的粉妆眼影，还有黄黄的牙齿和笑起来粉底之下析出的一叠世故莫测的皱纹，他有点糊涂了，不明白到底哪里出了问题，怎么好像自己原本以为要结束的，如今却变成了开始。

离开的时候，顾铭在门槛上绊了一下，不知道怎么回事，只是觉得脚底下突然一沉，身体不由自主地向前甩了过去，这突如其来的一个趔趄，倒是打破了他先前的迷糊混沌，他踉跄着向前出了大门，走了几步才恢复平衡。他心里想着，刚才那狼狈的一幕不知道老柴有没有看见，一定是看见了，那家伙就像脑门儿上装了雷达，总能捕捉到他不堪的画面，刚才他那副落荒而逃的模样一定很滑稽，想必老柴在他身后掩嘴偷笑来着，又或者干脆走回里间哈哈大笑。

顾铭这样想着，有点窝火，他不明白自己是怎么回事，也许他看见了门槛但是腿抬得不够高，也许他压根儿就没见那有一个门槛，就这样举手投降未免有些丧气，不过这么一打岔，他反而觉得清爽了不少，左脚的几个脚趾虽然还隐隐作痛，心里却松快起来。

毕竟这样的际遇不是谁都能有的，他自嘲地想着，要不是这样的一场风波，他还不足以见识生活如此妖艳错乱的一面。什么结束开始，人不到奄奄一息的那一刻都谈不上结束，他想起鼻孔插着透明塑料管，生命也一样稀薄透明的父亲，如果他真的像医生说的那样仍有一些残留的意识，那么此时此刻他在想什么呢？他的双重生活，胡同里的女人，他珍藏把玩的那些字画拓片，还是病房天花板上吊顶的裂缝？

顾铭回到车里，发动车子，一脚油门，很快汽车就在车窗外漂移的灯河里游动起来。今天是阴天，原本以为一定看不见月亮的，此刻右前方一轮黄蒙蒙的圆月挂在半空，只可惜不够亮，不止不够亮，衬在这大都市不依不饶的七彩光幕之下，甚至有些黯然失色了，就像老旧的海报不知道为什么被遗留在了光鲜明丽的时尚展板之上，泛着不合时宜的黄。

中秋，那么现在就是秋天过半了，也许因为过节，街上的车比平时要少些，他平滑地转动着方向盘，其实开出那片胡同区才一会儿工夫，已经是高楼林立的另一番景象了。无缝对接，不知道为什么，这个词突然从他的脑子里蹦出来，他想着自己就这样平滑地从一个世界过渡到了另一个世界，真是这样吗？

顾铭想到这里，不禁笑了。他刚才拐了个弯儿，那一轮黄蒙蒙的月亮此刻在他的正前方了，月亮里面有些黯淡的花纹，似是广寒宫的重幔雕梁，人们就是这样杜撰出嫦娥的么？广寒这两个字真是贴切得残酷。

嫦娥自然是落寞的，落寞久了，连表情都变慢了吧，顾铭眼前转出那个女人那张迟滞茫然的脸，平而阔的颧骨，长长的眼睛向颧骨两边横扫出去，怎么想起广寒宫会联想到她呢？她那里明明应该是狭小热闹的。想到那个女人，顾铭心里一动，她说要把那方寿山石印交还的，却始终没有消息。不知道她是没准备好，还是只是一时的托词，不过，此时此刻，顾铭似乎并不那么确定自己是否要拿回那块石头了，这让他对自己感到有些惊讶。

突然，车前面一条矮小狭长的黑影冷不丁地从路边横蹿出来，顾铭情急之下来不及多想，脚下只管死力去踩刹车，车猛然停住了，车轮与地面急速摩擦发出不甘心的刺耳尖啸。顾铭坐在车里，吓出了一身冷汗，直到后面的车子反复鸣笛催促，才回过神来。他重新发动车子，一边开一边反复回想着刚才的那一瞬间，确定车身并没撞到什么，才松了口气。

虽然没看清，但直觉告诉他，那个黑影是一只猫。真是邪门，大马路上怎么会突然蹿出一只猫来，还好当时后面没有车紧跟着，不然……顾铭觉得脊背一阵发凉，他打开左侧的车窗，夜晚的风和着噪音一同涌了进来。那只猫——好像灰色的，也可能是黄色的，好像还带着泼墨似的花纹。他向来觉得猫这种动物轻得有些邪乎，简直不像这个由重力统治的世界里的四脚生物……他又想起胡同矮墙上盯着他的那只白猫，灰黑的圆眼睛看他，直看到他泄了气。这些猫简直像专门来搅扰他的心神的，但那一双灰黑色的圆眼睛又分明镇静老道得出奇……刚才到底是撞到了还是没撞到呢？

顾铭不由得一阵心烦意乱，算了，看来这个夜晚注定是不寻常的了。他苦笑了一下，关上窗户，伸手打开收音机，

胡乱换了几个台，直到一个熟悉的轻柔的声音唱起"不知天
上宫阙，今夕是何年……"好像邓丽君，"我欲乘风归去，
又恐琼楼玉宇……"是她，没错。好久没听了，有一段时间
父亲的书房里常常飘荡着邓丽君的歌声，那些恨不得可以直
接盖上过时的印戳的靡靡之音他实在是听不出有什么好来，
直到他年纪长了些再听，才听出她的歌声里的激越飞扬，听
出她温柔绵密的声音当中蕴含着金属一般的力量。不过他从
来不会主动去听，他不想面对她的歌声所唤起的联想……没
想到她还唱过这首歌，也算与中秋节应了景，和王菲的清冷
不同，邓丽君唱起来是一如既往的温和绵柔，不知道是不是
电台的信号不好，听上去有些不够清晰，却正像从那间书房
里穿过了时光一路飘来，"……但愿人长久，千里共……"

一句未完，手机响了起来，歌声被打断了，顾铭醒了醒
神，瞄了一眼手机，是母亲。刹那间他有种不祥的预感，来
不及多想，连忙接起了电话。

"顾铭啊，"电话那头母亲的声音显得很空旷，像来自
一片遥远的荒漠，"医院打来电话了。"

月亮又在他的右边了，依旧黄蒙蒙的，只是似乎比刚才
高了些。挂了电话，歌声又弥漫开来，"不应有恨，何事长
向——别时圆……"

父亲醒了。母亲在电话里只说了这么一句，他也没有多
问。不知道父亲这一次是在什么意义上醒来。母亲的声音里

听不出什么，只有一点疲惫，但那也不过是他的感觉而已，而他的感觉，事实证明常常并不太准确。

车子开上立交桥，开始慢了下来，歌已经唱完了，女主持絮絮叨叨地开始说起中秋佳节的感想。对面的路还算畅通，但他这一侧车头挨着车尾，快要连成一条发光的长龙。顾铭关上收音机，再一次打开车窗，夜晚的风缓缓吹过他的脸颊和头发，夜空下一座高似一座的大楼，像发光的山峦，正俯瞰着脚下蜿蜒盘旋的水龙，城市的夜晚明亮得连星辰月亮也不得不避让。

顾铭再看时，月亮已经不见了，大约升到了车顶。电台女主持说起日期，他才忽然醒悟，明天才是中秋，他怎么竟会以为是今天呢？仪表盘上显示时间是八点四十八分，他从老柴那里离开的时候，大概就已经八点多了。顾铭意识到，那片灰色胡同其实并没有他从前以为得那么远，从这儿下了立交桥，应该就快到家了。

图书在版编目（ＣＩＰ）数据

相见欢 / 刘瑞著 . -- 上海：上海文艺出版社，
2023.2
ISBN 978-7-5321-7894-0

Ⅰ.①相… Ⅱ.①刘… Ⅲ.①长篇小说 – 中国 – 当代
Ⅳ.① I247.5

中国国家版本馆 CIP 数据核字 (2023) 第 012777 号

发 行 人：毕 胜
策　　划：李伟长
责任编辑：李　霞
封面设计：仙境设计
特约编辑：王美元

书　　名：相见欢
作　　者：刘 瑞 著
出　　版：上海世纪出版集团　上海文艺出版社
地　　址：上海市闵行区号景路159弄A座2楼　201101
发　　行：上海文艺出版社发行中心
　　　　　上海市闵行区号景路159弄A座2楼206室　201101　www.ewen.co
印　　刷：三河市兴国印务有限公司
开　　本：880×1230　1/32
印　　张：7.5
字　　数：137千字
印　　次：2023年2月第1版　2023年2月第1次印刷
Ｉ Ｓ Ｂ Ｎ：978-7-5321-7894-0/I • 6765
定　　价：79.00 元

告 读 者：如发现本书有质量问题请与印刷厂质量科联系　T:18630658620